四季の〈うた〉

草弥のブログ抄 三

木村草弥 *Kimura Kusaya*

K-SOHYA POEM BLOG

澪標

木村草弥

四季の〈うた〉

——草弥のブログ抄　《三》

はしがき

前著『四季の〈うた〉草弥のブログ抄《続》』を出したばかりだが、何だか気分が急《せ》いて《三》を出すことにした。ブログに書いた文章は、いずれも愛着のあるものばかりなので、「捨てる」のが惜しいのである。

今回は部立てはしないが配列は春夏秋冬の順番にした。その中に「雑」として書評や「巡礼」の文章を入れたりした。「巡礼の旅」はスペインのサンチアゴ・デ・コンポステーラの巡礼の道に繋がるもので私は亡妻への「鎮魂」の意味も込めて拘って来たので、その一部を収録した。

親しく付き合って頂いた人たちへの文章も収録し得たので、これで何とか、お叱りを受けることも解消できたかと思っている。

私も、はや九十一歳を超え次兄・重信の死んだ齢に追い着いた。

母の死んだのも数えで九十三歳だった。随分、長命だと思っていたのだが、よもや私が、その齢まで生きられるとは思ってもいなかった。

これらの本を歌集、詩集と共に彼らに捧げるものである。万感胸に迫るものがある。

七八篇の文章たちよ、いざ、翔び立て！　羽ばたけ！

四季の〈うた〉《三》——もくじ

――吉野弘の詩（1）――

四つ葉のクローバー

吉野　弘

クローバーの野に坐ると
幸福のシンボルと呼ばれているものを私も探しにかかる
座興以上ではないにしても
目にとまれば、好ましいシンボルを見捨てることはない

四つ葉は奇形と知ってはいても
四つ葉は奇形と知ってはいても
多くの人にゆきわたらぬ稀なものを幸福に見立てる
その比喩を、誰も嗤うことはできない

若い頃、心に刻んだ三木清の言葉
〈幸福の要求ほど良心的なものがあるであろうか〉
を私はなつかしく思い出す

なつかしく思い出す一方で
ありふれた三つ葉であることに耐え切れぬ我々自身が
何程か奇形ではあるまいかとひそかに思うのは何故か

この詩は詩集『陽を浴びて』に収録されているものである。

この詩はカトラン（ソネット）の形式に則ったものだが平易な言葉を使いながら、鋭い詩語となっている。

いましも、まだ風は冷たいが、もうすぐ春の野にクローバーが萌えいづることであろう。

季節に先駆けて、この詩を採りあげた。

１／ｆの揺らぎ　えふぶんのいちのゆらぎ

木村草弥

心拍の打つリズムを聴いている。
ああ！私のいのちのリズム！
あたたかい血のぬくもりがリズムを打っている
時にはドキドキしたり
落ち込んでぐったりすることもあるが——。
１／ｆのいのちの揺らぎ！

ロウソクの炎が揺れている。
今日は私のン十年の誕生日
自分で買ってきたバースデーケーキのロウソクに
火をつけて
じっと見つめている。
ハピーバースデー　ツー　ユウ！
口の中で　ぶつぶつと呟いてみる。

ローソクの炎が揺れている。
1／f の炎の揺らぎ！

買って来た「物」についているバーコード。
同じ太さの線が等間隔に並ぶというのではなく
細かったり、太くなったりするバーコードの線のリズム！
その線の間隔の並びが心地よい。
もっとも　バーコードとは言っても
マトリックス型二次元コードは駄目！
1／f のバーコードの線の揺らぎ！

どこかで　メトロノームが
かちかちと　リズムを刻んでいる
ヨハン・ネポムク・メルツェルが発明した――――。
規則正しい、ということもいいことだが
一斉整列、一心不乱、というのは嫌だ。
強弱、弱強の、

寄せては返す波のようなリズムの
波動が欲しい!
1/f のおだやかな波動の揺らぎ!

杉板の柾目の箱を眺めている。
寒い年、暑い年、
雨の多い年、旱魃の年――
それらの気候の違いが
柾目の間隔に刻印されている柾目。
等間隔ではない樹のいのちのリズム!
1/f の樹の柾目の揺らぎ!

そよ風が吹いている。
小川のせせらぎが聞こえる。
自然現象は
時には暴力的な素顔を見せることもあるが――。
今は

そよ風が吹き
小川のせせらぎの音が心地よい！
1／f の自然のささやきの揺らぎ！

どこかで
ラジオの「ザー」というノイズが流れている
周波数が合わないのか――。
もう片方の耳には
妻の弾くピアノの音の合間に
かちかちというメトロノームの
規則正しい音が聞こえる。

そのラジオのノイズの「ザー」という不規則な音と
メトロノームの規則正しい音とが
いい具合に調和するような
ちょうど中間にあるような
1／f の調和したリズムの揺らぎ！

私の体のリズムと同じリズムである
〈1／f の揺らぎ〉に包まれて
〈1／f のやさしさ〉に包まれて
今日いちにち快適に過ごそう！

――（二〇〇六・二・七　私の誕生日に寄せて）――


この作品は二〇〇八年刊の私の第一詩集『免疫系』（角川書店）に収録した。本のカバー装は「レオナルド・ダ・ヴィンチ『ウイトルウイウス的人体図』」という有名な図像を拝借したものである。

これは〈1／f えふぶんのいち〉という言葉に触れて、私の詩作の感受性が一気に開花したものである。因みに申し上げると「1／f」とは音楽用語というよりは科学用語である。

「f」＝freqency周波数の略称というか、記号である。

この詩が成功しているかどうか、は読者の判定に待つほかないが、いかがだろうか。

——京の冬の庭の句いくつか——

■凍蝶の越えむ築地か高からぬ　相生垣瓜人

「凍蝶」については何度も書いた。成虫のまま冬を越す蝶のことである。ムラサキシジミも、成虫のまま越冬することが知られている本州に棲む蝶である。「築地」とは築地塀とも言うが、泥土を固めて作った塀で上に瓦を乗せてある。京都の寺院の塀などは、みな築地造りである。この句は、冬の季節の今、そんな築地を眺めながら、「凍蝶は、この庭のどこかで越冬しながら春を待ちこがねて、やがて春になれば、この高くはない築地を越えてゆくのだろう」と思いをめぐらしているのである。しみじみとした情趣のある句である。

■如月の水にひとひら金閣寺　川崎展宏

俳句は十七音と短いので語句を省略することが多い。この句も「ひとひら」ということについては何も書いてない。

この句の場合、「ひとひら」というのが、今の季節の梅の花びらが浮いているのか、あるいは水に映る金閣を花に譬えて「ひとひら」と言ったのか、読者にさまざまに想像させる言外の効果をもたらすだろう。

何もかも言い切ってしまった句よりも、「言いさし」の句の方が趣があるというものである。

春雪や金閣金を恣（ほしいまま）　松根東洋城
池にうつる衣笠寒くしぐれけり　名和三幹竹

■寒庭に在る石更に省くべし　山口誓子

梅天やさびしさ極む心の石　中村汀女
みな底の余寒に踞み夕送る　宮武寒々

これらの句は龍安寺で詠まれたものである。

掲出の誓子の句は「石更に省くべし」という大胆なことを言っている。

この寺は臨済宗妙心寺派の古刹だが、応仁の乱の東軍の大将・細川勝元が創建したが応仁の乱で消失し、勝元の子・政元が再興したが寛政九年の火災で方丈、仏殿、開山堂などを失い、現在の方丈は、西源院の方丈を移築したものという。

因みに、最初に掲出した相生垣瓜人の句は、ここ龍安寺で詠まれたものである。

■僧も出て焼かるる芝や二尊院　五十嵐播水

雪解（ゆきげ）水ここだ溢れて二尊院　波多野爽波

二尊院は嵯峨野の西の小倉山の山懐にある。

ここには正親町三条を源とする「嵯峨」家三〇代にわたる菩提寺で、嵯峨家の墓がある。

愛新覚羅浩という、元の満州国皇帝の弟に嫁いだ浩は嵯峨家の出身である。


からくにと大和のくにがむすばれて永久に幸あれ千代に八千代に

昭和五三年（一九七八）八月、日中平和友好条約が成立したとき、愛新覚羅浩が、わが身を顧みて、心からその喜びを歌に詠んだ。まな娘・慧生の二三回忌であった。

小倉山というのは「百人一首」で知られるところである。

■祇王寺と書けばなまめく牡丹雪　高岡智照尼

句を作る尼美しき彼岸かな　吉井勇
祇王祇女ひそかに嵯峨の星祭　岡本綺堂
声のして冬をゆたかに山の水　鈴木六林男

祇王寺の暮靄《ぼあい》の水の凍てず流る　　丸山海道

しぐるるや手触れて小さき墓ふたつ　　貞吉直子

「祇王寺」とは平家物語で知られる白拍子祇王ゆかりの寺である。寺というよりも庵であろうか。平清盛の寵愛を受けていたが、仏御前の出現によって捨てられ、母と妹とともに嵯峨野に庵を結んで尼となった。後に仏御前も祇王を追い、四人の女性は念仏三昧の余生を過ごしたという。

この庵は法然上人の門弟・良鎮によって創められた往生院の境内にあったが、今の建物は明治二八年に、時の京都府知事・北垣国道が嵯峨にあった別荘の一棟を寄付したものである。

所在は嵯峨鳥居本小坂町である。

風　吹いてゐる／木　立ってゐる／ああ　こんなよる　立ってゐるのね　木／ああ　こんなよる

吉原幸子

吉原幸子が死んで十九年になる。
二〇一二年十一月に彼女の『全詩』集が新たな資料も加えて新装刊行された。
先ずWikipediaに載る彼女の概略を引いておく。

吉原 幸子（よしはら さちこ、一九三二年六月二八日～二〇〇二年十一月二八日）は、日本の詩人。東京・四谷生まれ。四人兄妹の末っ子。三陽商会の創業者、吉原信之は実兄。兄姉の影響で幼い頃から萩原朔太郎や北原白秋の詩に親しむ。高校時代には演劇・映画に熱中（演劇部の同級生に女優の荻昱子、朗読家の幸田弘子、二年後輩に宝田明がいた）、また国語教師の詩人那珂太郎の奨めで校内文芸誌に詩作を発表した。一浪の後、一九五二年、東京大学文科二類に入学。在学中は演劇研究会に在籍し、サルトルやブレヒトなどの現代劇に出演。一九五六年、東大仏文科卒業。初期の劇団四季に入団、「江間幸子（えま さちこ）」の芸名で第六回公演のアヌイ作『愛の條件 オルフェとユリディス』（音楽・武満徹）にて主役を務めるも同年秋に退団。一九五八年、黒澤明の助監督であった松江陽一と結婚、一児をもうけるが一九六二年に離婚。同年、那珂太郎を通じて草野心平を紹介され、歴程同人となる。

一九六四年、第一詩集『幼年連祷』を歴程社から三五〇部自費出版。思潮社社主の目にとまり、第二詩集『夏の墓』を思潮社から出版。またこの年、吉行理恵、工藤直子、新藤涼子、山本道子、村松英子、山口洋子、渋沢道子ら同世代の女性詩人と八人でぐるーぷ・ゔぇが（VEGA, べガ）を起ち上げ、一九六八年の休刊まで詩誌を刊行。一九六五年、『幼年連祷』で第四回室生犀星詩人賞を受賞。一九七四年、『オンディーヌ』『昼顔』で第四回高見順賞受賞。この頃より諏訪優、白石かずこ、吉増剛造らと共に、詩の朗読とジャズのセッション、舞踏家山田奈々子との舞踏公演など、詩と他分野のコラボレーションを手がけるようになる。一九八三年、新川和江と共に季刊詩誌『現代詩ラ・メール』（思潮社、書肆水族館）を創刊。一九九三年の通巻四〇号を以て終刊するまで広く女性詩人や表現者の活動を支援。輩出したラ・メール新人賞の受賞者には小池昌代、岬多可子、高塚かず子らがいる。一九九〇年頃から手の震えなど身体の変調を来し、一九九四年にパーキンソン症候群と診断される。一九九五年、新川和江によってまとめられた最後の詩集『発光』を出版。同年第三回萩原朔太郎賞を受賞。二〇〇一年に自宅で転倒し入院。翌二〇〇二年十一月二八日、肺炎で死去。

生前に「私にはふたつ秘密があるの」と語っていた秘密のひとつはレズビアンであったというもので、作品の中でそのことを抽象的に表しているが、本人の口から公式には発表されていない。

風　吹いてゐる
木　立ってゐる
ああ　こんなよる　立ってゐるのね　木
風　吹いてゐる　木　立ってゐる　音がする
よふけの　ひとりの　浴室の
せっけんの泡　かにみたいに吐きだす
にがいあそび　ぬるいお湯
なめくぢ　匍ってゐる
浴室の　ぬれたタイルを
ああ　こんなよる　匍ってゐるのね　なめくぢ
おまへに塩をかけてやる
するとおまへは　ゐなくなるくせに　そこにゐる
おそろしさとは
ゐることかしら
また　春がきて　また　風が吹いてゐるのに
わたしはなめくぢの塩づけ

わたしはゐない
どこにも　ゐない
わたしはきっと　せっけんの泡に埋もれて
流れてしまったの
ああ　こんなよる

（吉原幸子　「無題」より）

よく引かれる詩である。
冒頭の三行ほどは、部分的に引くと「短詩」としても自立する。
これは彼女が学んできたフランス詩のジュール・ルナールの詩などを想起させる。
ルナールの詩は、こんなものである。

◇　ジュール・ルナール（岸田国士訳）

蛇
長すぎる。
蝶
二つ折りの恋文が、花の番地を捜している。

詩は削ぎ落して短いほど、鋭くなる。私も少年のころ、これらの詩に触れて、心ふるえたものである。

彼女は詩作品は、全部「旧かな」で書いたと言われているが、きわめて我流である。旧カナでは、促音、拗音などでも字を小さくしないのが伝統的だが、彼女の場合には新カナ表記のように、小さく書く。例　↓「立ってゐる」。

だから我流という所以である。

文学作品だから、これが間違いだとは言い切れないが、これが短歌、俳句という伝統的な領域ならば、結社の主宰者などによって直されるだろう。

また彼女の詩集の題名にもなっているが『夢　あるひは』というのがあるが、この「あるひは」というのは勘違いによる誤用である。

これは「或いは」英語でいうと「or」の意味だと思われるからで、文語だから「あるひは」だろうという間違った類推によるもので、あちこちで見られる。

「あるいは」は——「あり」の連体形「ある」＋間投助詞「い」＋係助詞「は」——から成るもので、「あるひは」とするのは「い」の意味が不明になったための誤用、

と古語辞典に明記してある。これらは日本語表記の約束事であるから、一定のルールの下で使ってもらわないと困る。

私が、彼女の誤用と断定するのは他のところで「或る日」という用法があって、彼女の使い分けが明確だからである。念のために言っておく。
他の詩も二、三引いてみる。

—小ちゃくなりたいよう！
—小ちゃくなりたいよう！
ひどく光る太陽を　或る日みた
煙突の立ちならぶ風景を　或る日みた
失ったものは　何だったらう
失ったかはりに　何があったらう
せめてもうひとつの涙をふくとき
よみがへる　それらはあるだらうか
もっとにがい　もっと重たい　もっと濁った涙をふくとき
わたしの日々は鳴ってゐた
—大きくなりたいよう！
—大きくなりたいよう！
いま　それは鳴ってゐる

――小ちゃくなりたいよう！
空いろのビー玉ひとつ　なくなってかなしかった
あのころの涙　もうなけなくなってしまった
もう　泣けなくなってしまった
そのことがかなしくて　いまは泣いてる

（吉原幸子「喪失」より）

雲が沈む
そばにゐてほしい
鳥が燃える
そばにゐてほしい
海が逃げる
そばにゐてほしい
もうぢき
何もかもがひとつになる
指がなぞる
匂はない時間の中で
死がふるへる

蟻が眠る
そばにゐてほしい
風がつまづく
そばにゐてほしい
もうぢき
夢が終る
何もかもが
黙る

（吉原幸子「日没」）

大きくなって
小さかったことのいみを知ったとき
わたしは〝えうねん〟を
ふたたび　もった
こんどこそ　ほんたうに
はじめて　もった
誰でも　いちど　小さいのだった
わたしも　いちど　小さいのだった

電車の窓から　きょろきょろ見たのだ
けしきは　新しかったのだ　いちど
それがどんなに　まばゆいことだったか
大きくなったからこそ　わたしにわかる
だいじがることさへ　要らなかった
子供であるのは　ぜいたくな　哀しさなのに
そのなかにゐて　知らなかった
雪をにぎって　とけないものと思ひこんでゐた
いちどのかなしさを
いま　こんなにも　だいじにおもふとき
わたしは〝えうねん〟を　はじめて生きる
もういちど　電車の窓わくにしがみついて
青いけしきのみづみづしさに　胸いっぱいになって
わたしは　ほんたうの
少しかなしい　子供になれた　（吉原幸子「喪失ではなく」）

純粋とはこの世でひとつの病気です

ゆるさないのがあなたの純粋
もっとやさしくなって
ゆるさうとさへしたのが
あなたの堕落
あなたの愛　（吉原幸子「オンディーヌ」より）

あのひとは　生きてゐました
あのひとは　そこにゐました
ついきのふ　ついきのふまで
そこにゐて　笑ってゐました
あのひとは　生きてゐました
さばのみそ煮　かぼちゃの煮つけ
おいしいね　おいしいねと言って
そこにゐて　食べてゐました
あたしのゑくぼを　見るたび
かはいいね　かはいいねと言って
あったかいてのひら　さしだし

ぎゅっとにぎって　ゐました
あのひとの　見た夕焼け
あのひとの　きいた海鳴り
あのひとの　恋の思ひ出
あのひとは　生きてゐました
あのひとは　生きてゐました

（吉原幸子「あのひと」より）

東岸西岸の柳　遅速同じからず
南枝北枝の梅　開落已《すで》に異なり

慶滋保胤

作者は慶滋保胤（よししげのやすたね）、平安中期の著名な文人で、その作『池亭記』は鋭く社会の変貌を捉えて鴨長明の『方丈記』に影響を与えた、とされる。

出典は『和漢朗詠集』巻上「早春」から。

保胤は白居易に傾倒し、この詩も白居易の詩句「北の軒　梅晩（ゆふべ）に白く　東の岸　柳先づ青みたり」や「大庾嶺上の梅　南枝落ち北枝開く」を踏まえているが、謡曲「東岸居士」その他に多く引かれ愛唱された。


同じ春とは言え、地形や場所によって季節の到来には遅速がある。

開く花あれば、散る花あり。

造化の妙は、そんな違いにも現れて、感興の源泉となる。

なお、

二（ふた）もとの梅に遅速を愛すかな　**与謝蕪村**

の句は、この保胤の詩句を踏んだ句と言われている。

今しも、柳の新芽が芽吹く頃である。梅も、そろそろ咲き揃う頃である。

以下、柳の新芽を詠んだ句を引いて終わる。

柳の芽雨またしろきものまじへ　久保田万太郎
芽柳に焦都やはらぎそめむとす　阿波野青畝
芽柳や成田にむかふ汽車汚れ　石橋秀野
芽柳の花のごとしや吾子あらず　角川源義
芽柳のおのれを包みはじめたる　野見山朱鳥
風吹いてゐる綿菓子と柳の芽　細川加賀
芽柳を感じ深夜に米量る　平畑静塔
あれも駄目これも駄目な日柳の芽　加藤覚範
芽柳や銀座につかふ木の小匙　伊藤敬子
芽柳の揺るる影浴び似顔絵師　太田嗟
利根万里風の序曲に柳の芽　三枝青雲
芽柳のほか彩もなき遊行かな　今村博子
水色に昏るる湿原柳の芽　神田長春

唐国の壺を愛して梅を挿す
妻の愁眉や未だ寒き日

木村草弥

この歌は私の第四歌集『嬬恋』（角川書店）に載るもので妻の体調が悪くなりかけた頃のものである。

それは「妻の愁眉」という個所に表現してある。

自分の体調に愁眉の愁いを表わしながら、妻が唐国の壺に梅を活けている、という歌である。

梅の開花は、その年によって遅速があるが今年は季節の推移が早く梅の開花も早いようである。

何度も書いたことだが、私の住む「青谷村」は鎌倉時代以来、梅の名所として規模は大きくはないが、伝えられてきた。

「万葉集」では、「花」というと「梅」のことだった。今では俳句の世界では「花」と言えば「桜」を指すことになっている。「和歌」「短歌」でも同じである。気候的にも桜の咲くころは春まっさかりという好時期であり、日本人は一斉に花見に繰り出すのである。

しかし、「梅」には、馥郁たる香りがあり、しかも花期が極めて長くて、長く楽しめる。

梅の産地生まれだからというわけではなく、どちらかというと、私は「梅」の方が好きである。

梅の花については、先に姉・登志子のところでも挙げたが、私は梅の歌をいくつも詠んでいる。掲出した歌の次に

　壺に挿す白梅の枝のにほふ夜西班牙（スペイン）語の辞書を娘に借りにゆく

という歌がある。実は、私の次女は外国語学部でスペイン語が専攻だった。

歳時記にも「梅」の句は多い。それらを引いて終りたい。

梅が香にのつと日の出る山路かな　松尾芭蕉
むめ一輪一りんほどのあたたかさ　服部嵐雪
二もとの梅に遅速を愛すかな　与謝蕪村
梅一枝つらぬく闇に雨はげし　水原秋桜子
勇気こそ地の塩なれや梅真白　中村草田男
梅も一枝死者の仰臥の正しさよ　石田波郷
梅白しまことに白く新しく　星野立子
梅咲けば父の忌散れば母の忌で　安住敦
梅挿すやきのふは酒のありし罎に　石川桂郎
梅二月ひかりは風とともにあり　西島麦南
白梅のあと紅梅の深空あり　飯田龍太
紅梅の天死際はひとりがよし　古賀まり子

——新・読書ノート——

小谷陽子歌集『ねむりの果て』

木村草弥

——本阿弥書店二〇一九・三・十六刊——


小谷陽子さんは「ヤママユ」所属の、大阪の人である。

歌集に『光の帯』『ふたごもり』ともに砂子屋書房刊があるが、私は未見である。

「ふたごもり」の刊行は二〇〇三年であるから、もう十六年も前のことである。

私は歌集を出すたびに贈呈してきたし、年賀状も交わしている仲であるが、親しくは交際していない。

ご病身であられるようで「あとがき」にも書かれている。

小谷さんについては、角川「短歌」二〇一八年六月号の歌「月のぼり来む」十二首を私のブログに載せたことがある。

今回の本には二〇〇三年から二〇〇九年頃までの歌が収録されている、という。

長い間、歌集の上梓がなかったのは「あとがき」に書かれるように、仕方のないことだが、この本に載る歌の後に、もはや十年の歳月が経っているのである。

だから、われわれ読者は、十年前の小谷さんを「読む」ことになる。

ひところは、作品を温めるということで、年数を開けることが多かったが、今どきの「せちがらい」世の中にあっては、こういう編集態度は、いかがなものかと私などは思ってしまう。

事実、最近の歌集の上梓の様子を見ているると、直近の作品まで収めているのが多い。私なども、そういう態度である。そういう意味でも、小谷さんの次回の歌集は早目の上梓をお願いしたい。率直な物言いに過ぎたことを、お詫びします。

「月のぼり来む」十二首の記事のところでも書いたが、小谷さんは、前登志夫の弟子として、前登志夫の「草木蟲魚」の心に沈潜した域を表白しようとしたように思われる。

ひらがなを多用した歌づくりが独特である。今回の本についても、そのことが言える。たくさんあるが、先ず一つだけ挙げておく。

　　たましひのひびきのままに生れいでしすずしきことば　はる　なつ　あき　ふゆ

和歌の伝統に照らして「かな」文字の美しさを強調したのが、身に沁むのである。秀逸である。

この本の題名の「ねむりの果て」というのは、巻頭に収録されている十八首の一連から採られているようである。少し引いてみよう。

　　たましひは舫ひ解かれてただよへりながくながく夕陽を見つむ

　　長月はふかきねむりの果ての朝いづくのだれとわれに問はずや

　　こんこんと雪ふる雪ふるいつのまに「夜色楼台図」の町あゆみしか　　蕪村画

　　髻を残してたしか消えしわれあはゆき降ればルージュを引けり

この項目に載る歌から引いた。

「たましひは」の歌は「帯」にも引かれていて、作者にとっても愛着のある一首だろうと思われる。「ねむりの果て」とは、何を意味するのだろうか。

「あとがき」に書かれている文章を「帯」に編集者が引いている。

一日のねむりの果て、
一生のねむりの果て、
自身の底にある記憶や無意識のねむりの果て、
ねむりの果てに新たなめざめがあり、
未知の発見があればうれしい。

佳い言葉である。ここに、この歌集一巻の要約が尽くされている、と言っても過言ではないだろう。

小谷さんの住む所は大阪市でも有数の高級住宅地である。

この辺り一帯は「帝塚山」と呼ばれる土地で、万代東のすぐ西には広大な「万代池」公園がある。

それは、さておき、「あとがき」のはじめに、

〈子供の頃、私の家は、大阪の上町台地の縁にあった。家から少しばかり西へ歩くと、急な長い石段が下の町に続き……。

大昔、海はここまで迫っていたという。天気の良い日、よく石段の天辺に座って、眼下の町に沈みゆく夕日をうっとりと眺めた。〉

と書かれている。

少し西に行くと「夕陽が丘」という地名のところがあったりする。

こんな歌がある。

天王寺西門前のバス停にほうと夕陽を見守る人ら
そのかみはわたつみなりき見下ろせる街に今日を触れゆく夕陽
墨染めの尼僧ののぼる愛染坂その足首にさくら降るなり
くちなは坂われは雪降る天保の夜を逃るるをみないちにん
心中塚に礼せしのちを見上ぐれば空をせばめて立つラブホテル

ここにも、いくつかの「坂」の名が出てきたが、いよいよ「地名の喚起力」について書く。

ここ粉浜、玉出、姫松、岸ノ里茅渟の海より来る涅槃西風
あられうつ路面電車に住吉の弟日娘の末裔も乗らずや
姫松を過ぎて住吉鳥居前レールのひびきは潮のひびき
ふりむけば海みえしとぞ反橋の頂きに来てくちずさむ和歌
すつぽん屋の木札のゆれてうらがへる路地の入口「生血アリマス」
大腿筋、二頭膊筋盛りあげて谷町筋の春ゆく力士
はしきやし翁のうたの遠里小野へバスにゆらるる霞のなかを

これらの歌からは、私のいう「地名の喚起力」を感得できないだろうか。
大阪に住む人とか、この地を訪ねた人とかには、おなじみの土地であって、だから、これらの歌を読むと、ニヤリとするのである。

これらの歌は住吉大社かいわいの地名が、たくさん詠われている。南海電車に乗っていると、これらの駅名に出会う。

五首目の歌などからは、このかいわいの下町の風景が目に浮かぶようではないか。

今しも大相撲大阪場所の最中だが、谷町筋の辺りにも相撲部屋があったりする。相撲の「ひいき筋」を「タニマチ」などと言うのも、ここから来ているのである。

六首目の歌の「遠里小野おりおの」という堺市へかけての地名なども特異なもので、読者の心の中に長く残るだろう。

全部で四二六首という膨大な歌群なので多くを引くことが出来ないので、あとは私の心に留まる歌を引いてみたい。

病いくつはらむうつし身ぼろぼろの春のおぼろやさてもうつし身
全身でわれを見てゐる今日の犬かの夜のひとのまなざしに似て
よこたはる犬の脇腹ひとすぢのひかりをのせて低く上下す
なめくぢら踏みてしまへる前足の置きどころなく犬に降る雨
極月の月の夜犬よ耳立てていづくのこゑを聞かむとすらむ
この犬の余命みじかし告げられてひと日ひと日の心つつまし
寒の水すくふ舌なりわたくしの掌を舐めくれししなやかな舌
全身でわれを見てゐる今日の犬かの夜のひとのまなざしに似て

まなざしに恨みを込むる犬なりき雨の日「臭あ」と言ひしときなど
夜の扉をへだてて外は木枯らしの内は死にゆくものの息の音
飼っている紀州犬ミサキにまつわる歌を引いた。多く引きすぎたかも知れない。ただ作者の思いがこもっていると感じたからである。

平城京右京五条二坊あたりつぃとなかぞら鳥よこぎりぬ
あをぞらの剥がれてゆくよあきつしま盲の鑑真座す寺を出づ
唐招提寺を詠んだ一連の中の歌である。ここにも地名の喚起力を感じることが出来る。

むかしむかしあるところにと父の声とほくなりゆきまだ覚めぬ夢
おおははの母音のひびきゆるやかに蛇行してくる熊野川原
わたくしの生れる前の蒼き楽滝のほとりにめつむりゐたり
「行つてきます」「おはやうお帰り」玄関は道祖神のごとくははそはのゐて
「もみないなあ」と朝餉の卓にはは言へりそのかみ毛彌は神の供物ぞ
禿頭に鳥の糞のせ歩み来るちちのみの父はた常世神
耳しひの父はひらたく眠りゐるこの世のふかき水甕の底
病む父にあがなふものは葛素麺葛湯葛切りわがくづのうた
ゆつくりと大鳥歩みのおほちちの棚田のほとりをあゆみゆくかな
おほははの手にて日に日によみがへる黄金色の糠床ありき

粘菌の写真見てゐて肩ごしにあなたのやうとささやかれたり

身近の人々を詠んだ歌を、まとめて引いた。

はつなつの四方にひびきてはれやかなうたびと登志夫のうたへる短歌や
うぐひすの鳴きそこなひも混じりつつ四月五日も過ぎてしまへり　　前登志夫の忌日
玄関に履いたであらう大きなるスリッパありぬしづかに揃ふ
先生のつむりのかたちを知る帽子グレーのソフトの窪やはらかく
大空の干瀬にも差さむ夕あかりひとつしづかな海星を拾ふ　　「大空の干瀬」前の本の題名

先師・前登志夫を詠った歌を拾ってみた。

雑駁な、不十分な鑑賞になったが、お許しを得たい。　ゆったりとした「かな」文字の起承転結にたゆたう心地がした。

巻末の歌は

「さくら咲く」うたひ出づればみづみづと立ち上がるなりこの世の時間

健康に留意されて、今後ますますのご健詠をお祈りいたします。　ご恵贈有難うございました。（完）

ひとつ咲く酒中花はわが恋椿　　石田波郷

今日三月十八日は石田波郷の生れた日である。

この句は彼の晩年の昭和四三年に出た句集『酒中花』の題名にもなった句である。

「酒中花」という呼び名の由来は判らない。漢和辞典にも載っていないから、中国由来の漢語ではないらしい。

この花の花弁の縁取りが、ほんのり染まっている（ふくりん、と言うのか）様子が、何だか酔っ払っているようで、こんな名がついたのかも知れない。

石田波郷は成人してからの大半を、持病の結核との闘病に費やした人である。

以下、事典に載る記事を先ず引いておく。

石田波郷
出典：フリー百科事典『ウィキペディア（Wikipedia）』
石田 波郷（いしだ はきょう、一九一三年三月十八日～一九六九年十一月二一日）は、昭和期の俳人。
本名哲大（てつお）。正岡子規、高浜虚子を生んだ近代俳句発祥の地、愛媛県温泉郡垣生村（はぶむら）

（現・松山市西垣生）に生まれた。明治大学文芸科中退。戦後の俳壇を先導し、俳句文学に大きな功績を残した。

（草弥注・この記事では「垣生」となっているが、ハブと発音する限りでは「埴生」が正しいと思われる）

早くから句作

愛媛県温泉郡垣生村大字西垣生九八〇番地に、父惣五郎、母ユウの次男として生まれる。一九一九年四月、垣生尋常高等小学校に入学。小学生の頃から友人と俳句を作って遊んでいたが、本格的に句作を始めたのは県立松山中学（現・松山東高校）四年の時で、同級生の中富正三（後の俳優・大友柳太朗）に勧められたことによる。俳号は「山眠」、「二良」とつけた。ちなみに中富は「如煙」、「悠々」と号した。中学五年の頃、同級生と「木耳（きくらげ）会」を起こす。同村の村上霽月主宰の今出（いまづ）吟社に出入りし、句作に励む。

本格的に活動

一九三〇年三月、松山中学を卒業した波郷は自宅で農業を手伝いながら、同年四月、近くに住む俳人、五十崎古郷（いかざきこきょう）に指導を受けた。「波郷」という俳号は古郷による命名。水原秋桜子の指導を受けたことのある古郷の勧めで秋桜子主宰の『馬酔木（あしび）』に投句を始める。高屋窓秋らとともに流麗清新な抒情俳句に新風を開き、水原秋桜子門の代表的俳人となった。一九三二年二月二〇日、単身上京。五月頃、東京市経営の深川一泊所に勤務。十月頃、秋桜子の下で『馬酔木』

の事務を、後に編集を担当するようになる。石橋竹秋子、牛山一庭人らと親しく交わり、俳句以外の文芸の世界にも目を開く。一九三四年四月、明治大学に入学（第三期生）。一九三五年十一月、第1句集『石田波郷句集』を刊行。一九三六年三月、大学を中退し、久保田万太郎を慕って句作に専念する。同年九月、馬酔木新人会『馬』創刊。同人として加わる。一九三七年九月、『馬』と『樹氷林』を合併し、句誌『鶴』を創刊、主宰となる。波郷二四歳であった。秋桜子は波郷の句を「昭和時代を代表する秀句」と絶賛した。一九三八年六月末、目黒区駒場町七六一駒場会館アパートに転居する。一九三九年八月、『鶴の眼』を上梓。新興無季俳句運動の素材的・散文的傾向に同調せず、韻文精神に立脚した人間諷詠の道を辿り、中村草田男、加藤楸邨と共に「人間探求派」と呼ばれた。

戦争と病苦

第二次世界大戦中は、俳句固有の方法と格調を元禄俳句に探り、古典と競う俳句一途の決意を深めた。一九四二年三月、縁談の人、吉田安嬉子（本名せん）と初めて会い、同年六月二七日九段軍人会館にて結婚挙式。一九四三年五月十九日、長男修大（のぶお）が誕生し、同年六月、浦和市本太後原二一四五の岳父の家作に転居する。同月、未召集兵教育を受ける。波郷の禍福は九月二三日、三〇歳で召集されたことに始まる。月末、千葉佐倉連隊に入隊し、十月初旬、華北へ渡り、山東省臨邑に駐留する。一九四四年、元旦を不寝番兵として迎える。同年三月、左湿性胸膜炎を発病、陸軍病院を転々とし、一九四五年一月二二日夕刻に博多に帰還する。同年三月九日、安嬉子と修大を伴い北埼玉樋遺川村に疎開する。六月十七日兵役免除となり、八月十五日、盆休みの農家の庭先にて終戦の玉音放送を聞く。この頃より病気が再び悪化、以後、一九六九年に死去するまで、手術と入退院を繰り返す。

生をかみしめる秀句

しかし波郷は、病気との闘いを通して、生をかみしめ自分を見つめる数々の秀句を詠みついでいった。一九四六年一月、妻子を伴って上京、葛西の吉田勲司宅に仮寓。同年三月十日、江東区北砂町一―八〇五に転居。三月十五日、長女温子（はるこ）が誕生。九月、綜合雑誌『現代俳句』を創刊、編集に当たり、一九四七年十一月には現代俳句協会の創立など、俳壇の再建に尽力する一方、焦土俳句を経て、一九五〇年六月に刊行された『惜命（しゃくみょう）』は、子規を先駆とする闘病俳句の最高傑作と位置付けられている。「俳句は生活そのもの」とする波郷は、『ホトトギス』の「花鳥諷詠」に対する「人間探求の」俳句を深化させることに成功した。その後、病苦を乗り越え人生の日々を静かに凝視した句境を格調正しい表現によって詠み続けたが、一九六九年十一月二一日、肺結核で病没した。

作品リスト

一九三五年　石田波郷句集

一九三九年　鶴の眼

一九四〇年　行人裡

一九四一年　俳句愛憎

一九四一年　大足

一九四三年　風切

一九四六年　病鴈
一九四七年　風切再刻版
一九四七年　風切以後
一九四八年　雨覆
一九四九年　現代俳句大系第一巻 石田波郷集
一九四九年　胸形変
一九五〇年　惜命
一九五二年　石田波郷句集
一九五四年　定本石田波郷全句集
一九五四年　臥像
一九五四年　自註石田波郷集上
一九五五年　定稿惜命
一九五六年　清瀬村
一九五七年　春嵐
一九五七年　現代俳句文学全集 石田波郷集
一九五七年　俳句哀歓 俳句と鑑賞
一九五七年　波郷自選句集

一九六六年　江東歳時記
一九六七年　定本石田波郷全句集
一九六八年　酒中花
一九七〇年　酒中花以後
一九七〇年　石田波郷全集（一九七二年完結、全九巻、別巻一）

上の記事にも書いてあるが「現代俳句協会」も彼が呼びかけて結成されたものである。参照されたい。

水原秋桜子門下からは彼の他にも加藤楸邨なども出ており、私も彼や楸邨は好きで何度も採り上げてきた。

季節の句として掲出句を挙げたが、改めて私の好きな句を引いて終る。

プラタナス夜もみどりなる夏は来ぬ——昭和七年二月二十日上京
あえかなる薔薇撰りをれば春の雷——銀座千疋屋にて
女来と帯纏き出づる百日紅
葛咲くや嬬恋村の字（あざ）いくつ
雁や残るものみな美しき
秋の風万の祷を汝一人に
牡丹雪その夜の妻のにほふかな

稲妻のほしいままなり明日あるなり
妻が来し日の夜はかなしほととぎす
桔梗や男も汚れてはならず
たばしるや鵙叫喚す胸形変
麻薬うてば十三夜月遁走す
梅も一枝死者の仰臥の正しさよ
接吻もて映画は閉ぢぬ咳満ち満つ――患者慰問映画
為さざりしことのみ春の落葉焚
柿食ふや命あまさず生きよの語
寒菊や母のやうなる見舞妻
春雪三日祭のごとく過ぎにけり
安心（あんじん）の一日だになし稲妻す
蛍籠われに安心あらしめよ
萬両や癒えむためより生きむため
息吐けと立春の咽喉切られけり
わが死後へわが飲む梅酒遺したし
今生は病む生（しやう）なりき鳥頭（とりかぶと）

末尾の六句ほどは死の間際の「辞世」と言える作品である。

末尾の句の「とりかぶと」というのは、ご承知のように「麻酔薬」であるが、彼の死の間際には痛みなどを和らげるためにモルヒネなどの麻薬が使われたかも知れないので、私の独断による推察だが、「とりかぶと」という表現は、その麻薬治療を踏まえてあるのかも知れない。

いずれにしても、この末尾の句は死の間際に際して、「俺の一生というのは、本当に病気との付き合いに終始した人生だったな」という悲痛な述懐の句と言えよう。

なお松岡正剛の「千夜千冊」というサイトは私の愛読するところだが、波郷句集『鶴の眼』の記事も面白いので参照されたい。波郷のご子息修大氏が日本経済新聞の論説委員だったことなど、私はこのサイトで知った。

googleの検索で「石田波郷」で探すと「風鶴山房」というご長男・修大氏の制作されるサイトがある。ご覧になってみてもらったらよいが、目次のページに「あき子の部屋」というのがある。これは夫人の名だが、そのページのドアが「寒菊や母のやうなる見舞妻」という波郷の句になっている。上に私が引用した句である。

なお、夫人の名は安嬉子（本名せん）であり、ペンネームとしては「あき子」になっているらしい。この「あき子の部屋」には、波郷と妻との相聞の句のやりとりなど、私生活にわたって書かれているので、ほのぼのとした雰囲気にひたれる。ぜひアクセスされることをおすすめする。

「波郷語録・著作」のページのドアは「霜柱俳句は切字響きけり」という句になっているが、この句は、かの桑原武夫の「俳句第二芸術論」に反論した句として知られている。松岡正剛の記事にも書かれているが、これらのいきさつを読みすすむのも、私には、とても楽しい時間である。

それにしても、このご子息・修大氏のページの最終更新が二〇〇四年末以後ないのが気にかかる。他の記事で「腎臓癌の手術うんぬん」とあるので、それ以後、体調を壊しておられるのか。

角川書店刊「石田波郷読本」というのを買い求めた。これには全句集も入っているし、随筆もたくさん収録されている。つれづれに目を通すのに最適である。

先に「今生は病む生なりき鳥頭」という句の「解」を書いたが、これらを読んでいると「痛み止め」に麻薬を何度も使っているようで、私の「解」に自信を深めた。

来しかたや馬酔木《あしび》咲く野の日のひかり　水原秋桜子

この句には前書きに「三月堂」と書いてある。奈良の東大寺の境内にある三月堂である。時しも、東大寺の二月堂では三月一日から十四日まで「修二会」という、俗に「お水取り」という行事が進行中であった。

アセビ（馬酔木、学名Pieris japonica（Thunb.）D. Don）とは、ツツジ科の植物である。あしび、あせぼともいわれる。

本州、四国、九州の山地に自生する常緑樹。やや乾燥した環境を好み、樹高は一・五メートルから四メートルほどである。早春になると枝先に複総状の花序を垂らし、多くの白くつぼ状の花をつける。果実は扇球状になる。有毒植物であり、葉を煎じて殺虫剤とする。有毒成分はアセボトキシン。馬酔木の名は、馬が葉を食べれば苦しむという所からついた名前であるという。多くの草食ほ乳類は食べるのを避け、食べ残される。そのため、草食動物の多い地域では、この木が目立って多くなることがある。

たとえば、奈良公園では、鹿が他の木を食べ、この木を食べないため、アセビが相対的に多くなっている。逆に、アセビがやたら多い地域は、草食獣による食害が多いことを疑うこともできる。

アセビは庭園樹、公園樹として好んで植栽される外、花もの盆栽等としても利用される。

蟇（ひき）鳴いて唐招提寺春いづこ　水原秋桜子
馬酔木咲く金堂の扉（と）にわが触れぬ
馬酔木より低き門なり浄瑠璃寺

少し秋桜子の馬酔木にかかわる句を抜き出してみた。

水原秋桜子について少し触れてみる。

産婦人科医で宮内省侍医などを務めた。東大俳句会を興す。「ホトトギス」で頭角をあらわし、四Sの一人として一時代を画す。

昭和六年「馬酔木」を主宰して独立、芸術性高い「主観俳句」を唱導。石田波郷、加藤楸邨らを育てた。

馬酔木を詠んだ他の人の句を少し挙げて結びにする。

花馬酔木春日の巫女の袖ふれぬ　高浜虚子
春日野や夕づけるみな花馬酔木　日野草城
馬酔木咲く星を小出しに繭の村　田部井利夫
花あしび昔女帝のおはしけり　阿片瓢郎
耶馬台の春ととのへり花あしび　小原菁々子

こころみに足袋ぬぎし日や花あしび　林翔

花あしびかづきて鹿の子くぐり出づ　阿波野青畝

花馬酔木小暗き奈良の骨董屋　鎌田和子

里坊の主は若し花馬酔木　寺井谷子

花馬酔木われ瞑想の椅子の欲し　小宮山勇

あせび野の落暉鹿呼ぶ声しぼる　水谷岩雄

春浅き耳洗ふとき音聴こゆ

林　桂

「春浅き耳」を「洗う」という言葉の捉え方が何とも独特で、快い。

私の歌に

さらさらとまたさらさらと崩れゆく砂の粒粒春をふふめり　木村草弥

というのがある。

この歌は私の第一歌集『茶の四季』（角川書店）に載るものである。

「風二月」という言葉があるように、二月も半ばを越すと季節は確実に春に向かって進んでゆく。

二十四節気に「雨水」というのがあり、先日二月十八日がそうだった。

「雨水」とは、これからは一雨ごとに春に向かってゆくという意味の節気である。


私は子供の頃から内向的な性格で、砂や虫をじっと見ているというようなことが多かった。

もっと季節が進んで暖かくなると、家の縁側の下の砂地に、すり鉢形の「蟻地獄」があったりした。

これは「ウスバカゲロウ」の幼虫が、このすり鉢形の砂の斜面に蟻などの虫が差し掛かると、下から砂をさらさらと掻いて、すり鉢の底に引きずり込んでパクリと頂戴するという仕掛けである。

そんなのを、何するというのでもなく、また昆虫少年というのでもなく、ただ、じっと見つめていたものである。ただ、今の季節では、そういう光景には早く、さらさらと崩れてゆく砂の粒粒に春の足音を私は、見たのであった。

「ふふむ」というのは「含む」の動詞の古い形である。

この歌のつづきに

如月に幽（かす）かに水を欲るらむか祖（おや）ねむる地に雪うすらつむ　木村草弥

という歌が載っているが、この歌のように二月には雪の降る日もあるが相対的に雨は少ない時期であり、先祖の眠る墓地に、うっすらと雪が積もる様が、祖先が水を欲しがっているかのようである、という歌である。

寒さの中にも「春」が動いている様子を表す句を引いてみたい。

春立ちてまだ九日の野山かな　松尾芭蕉
われら一夜大いに飲めば寒明けぬ　石田波郷
ブローニュに怒涛のごとく春来たる　本井英
渦巻ける髭と春くる郵便夫　高島征夫
立春の樹幹の水を聴きにゆく　山本千舟
立春へ笛吹きケトルのファンファーレ　北川逸子

白き皿に絵の具を溶けば春浅し　夏目漱石
空も星もさみどり月夜春めきぬ　渡辺水巴
春めくと百済観音すくと立ち　和田悟朗
バラ窓の真中に聖母春きざす　福谷俊子
春めくや波は光を巻きこみて　飯尾婦美代
兵馬俑軍団無言春寒し　磯直道
蓋開けて電池直列春寒し　奥坂まや
春めくや足の裏なる歩き神　泉紫像
うりずんのたてがみ青くあおく梳く　岸本マチ子
うりずん南風がじゅまる太き根を垂るる　三原清暁
美しき奈良の菓子より春兆す　殿村莵絲子

金雀枝《えにしだ》や基督に抱かると思へ　石田波郷

エニシダの咲き誇る季節になった。

もともとエニシダはヨーロッパ原産の植物である。

私にはキリスト教と深く結びついている木のように思える。

私の歌に次のような作品がある。


金雀枝は黄に盛れどもカタリ派が暴虐うけしアルビの野なる　木村草弥

エニシダは地中海原産で、ヨーロッパに広く野生化している。日本には中国を経て、延宝年間に入ってきたと言われる。オランダ語ではゲニスタやヘニスタと呼ばれていたが、日本ではエニスタと言われるようになり、今のエニシダになったという。マメ科の落葉低木。

この歌は一九九八年五月に南フランスに旅した時にボルドーの内陸部のアルビに立寄った時のもの。

アルビというと、画家ロートレック（日本では慣習的に「ロートレック」で呼ばれるが、正しくは「トゥルーズ＝ロートレック（ロトレック）」でひとつの姓である）の故郷で、
その美術館も見たが、ガイドがさりげなく説明した「異端審問」で、この地でカタリ派が受けた暴虐を思い出して歌にしたものである。

アルビの野は、それらのカタリ派の無惨な血の記憶が染み付いているのである。

エニシダは初夏の花である。この歌は第二歌集『嘉木』(角川書店)に載っている。

この歌のすぐ後には

まつすぐにふらんすの野を割ける道金雀枝の黄が南(ミディ)へつづく

が載っている。高速道路の路傍には、文字通り「エニシダ」の黄色が果てしなく続くのであった。

「異端審問」あるいは「魔女狩り」というのは、キリスト教の歴史の中でも「負」の遺産として語り継がれているが、旅の中でも、こうした心にひびく体験をしたいものである。

そして、深く「人間とは」「神の名のもとに」という愚かな蛮行を思い出したい。

そんな意味からも、掲出した石田波郷の句は、私には関連づけて読みたい作品だった。

「カタリ派」については、「世界宗教大辞典」の記事に詳しい。長いものだが参照されたい。

以下、エニシダを詠んだ句を少し引く。

えにしだの黄色は雨もさまし得ず　高浜虚子
えにしだの夕べは白き別れかな　臼田亜浪
エニシダの花にも空の青さかな　京極杞陽
金雀枝やわが貧の詩こそばゆし　森澄雄
金雀枝の咲きそめて地に翳りあり　鈴木東州
金雀枝の黄金焦げつつ夏に入る　松本たかし

さゐさゐと鳥遊ばせて一山は
　　　　　椢の若葉に夏きざし初む　　　　　木村草弥

この歌は私の第一歌集『茶の四季』（角川書店）に載るものである。

この歌の次に

　初夏の明けの小鳥の囀りにぼそと人語をさしはさむ野暮

という歌が載っているが、これも一体として鑑賞してもらいたい。

歌について少し説明しておくと「さゐさゐ」というのは漢字で書けば「騒騒」である。

先に書いたかと思うが、椢の木というのは「里山」の木であって、結構いろいろな昆虫なども豊富で、それらの虫は小鳥たちの絶好の餌になるのであった。だから小鳥たちが寄ってきて「騒騒」と賑やかなのであった。

こういう鳥たちとの交歓というのは杉、桧のような針葉樹の林では見られない。

針葉樹は人間にとって有用な木材としては最適であるかも知れないが、広くいろんな生物との共生という意味では、貧弱な生態系にしか過ぎないと思われる。

虫や昆虫、小鳥の多いのは広葉樹の林である。

上に挙げた歌につづいて

みづうみを茜に染めて日の射せばひしめき芽ぶく楢の林は

というのが載っている。これらの歌の三部作を含む項目の題は「鳥語」と私はつけた。やはり楢などの雑木林には小鳥が豊富であり、したがって鳥の声に満ちている——つまり「鳥語」が特徴であろう。

虫が居れば成虫である蝶も居るということである。「蝶」の句を引いて終わる。

なお、ただ単に「蝶」と言えば春の季語であるが、揚羽蝶など盛夏に居る夏の蝶は、もちろん夏の季語の題材になる。「夏の蝶」「斑蝶」「セセリ蝶」など。

ほろほろと蝶こぼれ来る木下闇　富安風生
木の暗を音なくて出づ揚羽蝶　山口誓子
夏蝶や歯朶揺りてまた雨来る　飯田蛇笏
弱弱しみかど揚羽といふ蝶は　高野素十
夏蝶の放ちしごとく高くとぶ　阿部みどり女
下闇に遊べる蝶の久しさよ　松本たかし
磨崖仏おほむらさきを放ちけり　黒田杏子
一途なる蝶に身かはす木下闇　佐野まもる
奥の院八丁とあり黒揚羽　近藤笑香
首塚の湿りを出でて揚羽蝶　長田群青

泰山木の巨き白花さく下に
マタイ受難曲ひびく夕ぐれ　　木村草弥

この歌は私の第二歌集『嘉木』（角川書店）に載るものである。

この歌の一つ前には

おほどかに泰山木の咲きいでていきなり管楽器鳴りいづるなり

という歌が載っているので、これと一体として鑑賞してもらいたい。

泰山木の木は葉も花も大きいもので、葉は肉厚で落葉は昔の大判の貨幣のようである。

この頃には「青嵐」という季語もあるように季節の変わり目で突風が吹くことが多いが、そんな風に吹かれて泰山木の大きな落葉が新芽にとって代られて、からからと転がってゆく様子は季節ならではのものである。モクレン科の常緑高木で、高いものは十七、八メートルにもなる。

北アメリカの原産で明治のはじめに日本に渡来し公園などに植えられた。葉はシャクナゲに似、花はモクレンに似ている。花は葉の上に出て、大きさは十五センチもある。木が大きく、葉も花も大きいので「泰山木」という命名がいかにも相応しい感じがする。

花の雄大さと白い色、高い香りが焦点である。

私の歌は、そういう、いかにも西洋風な花と木に触発されて、「管弦楽」ないしは「マタイ受難曲」

という洋楽を配してみたが、いかがであろうか。
「マタイ受難曲」(Matthäus-Passion) とは、新約聖書「マタイによる福音書」の二六、二七章のキリストの受難を題材にした受難曲で、多くの場合独唱・合唱・オーケストラを伴う大規模な音楽作品である。このうち最も有名なものはヨハン・ゼバスティアン・バッハの作品である。バッハの死後、長く忘れられていたが、フェリックス・メンデルスゾーンによって歴史的な復活上演がなされ、バッハの再評価につながった。

「泰山木」は俳句にも詠まれているので、それを引いて終わりたい。

壺に咲いて奉書の白さ泰山木　渡辺水巴
礫像や泰山木は花終んぬ　山口誓子
太陽と泰山木と讃へたり　阿波野青畝
泰山木天にひらきて雨を受く　山口青邨
泰山木巨らかに息安らかに　石田波郷
泰山木樹頭の花を日に捧ぐ　福田蓼汀
ロダンの首泰山木は花得たり　角川源義
泰山木開くに見入る仏像ほし　加藤知世子
泰山木君臨し咲く波郷居は　及川貞

かたつむりつるめば肉の食い入るや　永田耕衣

永田耕衣は明治三三年兵庫県生まれの現代俳壇の長老の一人だった。戦後、東洋的無の立場を裏づけにもつ「根源俳句」の主張で注目を浴びたが、仏教とくに禅への関心が深く、現代俳句における俳味と禅味の合体、その探求者と言えば、先ずこの作者をあげる必要があるという。

この「かたつむり」の句は、そのような俳人の面目躍如とした作で、清澄な心境と混沌たる性的世界への凝視とが一体化したような力強さと、一面、面妖な迫力がある。

「つるめば肉の食い入るや」という観察は、対象がかたつむりであるだけに、何とも粘着力のある、一読忘れ難い印象を与える。

性を詠んで性を突き抜けているのだ。昭和二七年刊『驢鳴集』所載。

永田耕衣は「阪神大震災」に遭遇し、これを題材にした秀句があるが、いま手元にないので引くことが出来ない。それまでの時期の句を引きたい。

夢の世に葱を作りて寂しさよ
夏蜜柑いづこも遠く思はるる
野遊びの児等の一人が飛翔せり

厄介や紅梅の咲き満ちたるは
梅雨に入りて細かに笑ふ鯰かな
近海に鯛睦み居る涅槃像
蛍火を愛して口を開く人
泥鰌浮いて鯰も居るといふて沈む
野を穴と思い跳ぶ春純老人
白桃を今虚無が泣き滴れり
夢みて老いて色塗れば野菊である
淫乱や僧形となる魚のむれ
生き身こそ蹤跡無かれ桃の花
我が頭穴にあらずや落椿
男老いて男を愛す葛の花
薄氷や我を出で入る美少年
いづこにも我居てや春むづかしき
桃の花道在ることに飽きてけり
空蝉に肉残り居る山河かな
強秋や我に残んの一死在り

みほとけの千手犇く五月闇《さつき》　　能村登四郎

今日五月二四日は能村登四郎の忌日である。それに因んで記事を載せる。

昼なお暗い五月雨（さみだれ）どき。大寺の御堂の中にたたずんでいると、不意に眼前に立つ千手観音の手がひしめくような気配を感じたのである。この観音は多分大きな仏像であろう。

五月闇と言われるほど陰鬱な梅雨時の薄暗がりの中で、長い歳月を経た仏像に秘められている魔性が、ふとざわめいたような思いのする肌寒さ。「千手犇く」が次の「五月闇」と重なって、仏像のある意味では不思議に官能的な側面を引き出している。

千手観音像は普通四〇本の手で表わされる。

掌中にはそれぞれ一眼を備え、一本の手毎に二十五有（う）を救うとされているところから、二五×四〇＝一〇〇〇で「千手」と言われる。

昭和五九年刊『天上華』に載る。

能村登四郎は明治四四年東京生まれ。国学院大学卒。水原秋桜子に師事。「沖」主宰。

第八句集『天上華』で年「蛇笏賞」受賞。第十一句集『長嘯』で第八回「詩歌文学館賞」受賞。

平成十三年没。

石川県七尾市和倉温泉に建つ能村の句碑には

春潮の遠鳴る能登を母郷とす　登四郎

と刻まれている。

略歴には、みな「東京生まれ」と書かれているが、この句のように、彼は石川県の「能登」を母郷としている、と言う。祖父が、ここの出身だという。

すこし能村の句を引く。

くちびるを出て朝寒のこゑとなる
ぬばたまの黒飴さはに良寛忌
寡作なる人の二月の畑仕事
妻のほかの黒髪知らず夜の梅
白鳥の翅もぐごとくキャベツもぐ
梅漬けてあかき妻の手夜は愛す
白川村夕霧すでに湖底めく
優曇華や寂と組まれし父祖の梁
秋蚊帳に寝返りて血を傾かす
花冷えや老いても着たき紺絣
夢の世と思ひてゐしが辛夷咲く
男梅雨かな三日目は蘆伏して
朴散りしのち妻が咲く天上華

墓洗ふみとりの頃のしぐさにて
秋蒔きの種子とてかくもこまかなる

明治四四年に東京に生まれる。

国学院大卒。市川高校に四〇年勤務し、俳人として活躍する。戦前から水原秋桜子の「馬酔木」に投句し昭和二四年に同人となる。

昭和四五年俳誌「沖」を創刊し平成十三年春まで主宰。

昭和三一年句集『咀嚼音』で現代俳句協会賞、昭和六〇年句集『天上華』で蛇笏賞、平成四年『長嚼』で詩歌文学館賞を受賞し、俳壇の賞を総なめにした。

身辺の日常の中に幻想や心象を見るイメージ俳句を追求し評論もおこなっていた。

代表句に「春ひとり槍投げて槍に歩み寄る」がある。

平成十三年五月二四日八幡にて逝去。

◆黒南風《くろはえ》の岬に立ちて呼ぶ名なし　西東三鬼

◆白南風《しろはえ》にかざしてまろし少女の掌　楠本憲吉

「黒南風」とは、梅雨に入り、空が暗く長雨がつづく陰鬱な頃に吹く南風で、柔らかい風だが、低気圧や梅雨前線が通り、荒い風が吹くときは「荒南風」となる。

「白南風」とは梅雨が明けて明るい空になり、晴れて吹く南風が、これである。

また梅雨の間でも、晴れようとする様子のときの南風も白南風という。

空や雲の様子から、白、黒を南風（はえ）にかぶせたもの。

ここでは「黒南風」と「白南風」の句を並列に並べて掲出してみた。

菓子の「黒南風」という「練り切り」がある。

以下は、その某菓子舗の「説明書」である。

〈風は季節によって、ほぼ方向が定まっています。

春は東風、秋は西風、冬は北風で、夏季の「南風」は、「みなみ」とか「はえ」とも読みます。

この「はえ」、中国・四国・九州地方など主に西日本の言葉で、特に、梅雨時のどんよりと曇った日に吹く南風を、黒南風と呼ぶそうです。

梅雨入りの頃はこの風が吹いて空が暗くなる、というのがこの名の由来。ちなみに梅雨明け頃の南風は、吹くと空が明るくなるので、「白南風（しらはえ）」と呼ばれます。どんよりとした梅雨空を黒ゴマ入りの煉切で表し、一陣の風を、力強い一筆書きのように水色で描きました。ジメジメと鬱陶しい季節ですが、まぁ、お茶とお菓子でも。〉

掲出の西東三鬼の句は、私には亡妻に対する「レクイエム」のように受容できるもので、「呼ぶ名なし」などと言われると、私のことのようで身に沁みるのである。

以下、「黒南風」「白南風」を詠んだ句を引いて終わる。

黒南風や島山かけてうち暗み　高浜虚子
黒南風に水汲み入るる戸口かな　原石鼎
黒南風は伏屋のものを染めつくす　相生垣瓜人
黒南風や潮さゐに似て樹林鳴る　上村占魚
沖通る帆に黒南風の鴎群る　飯田蛇笏
和歌の浦あら南風鳶を雲にせり　飯田蛇笏
あらはえや雲のちぎれに月さやか　桂　居
黒南風や屠所への羊紙食べつつ　中村草田男
黒南風に嫌人癖の亢ずる日　相馬遷子
白南風の夕浪高うなりにけり　芥川龍之介

白南風やきりきり鴎落ちゆけり　角川源義
白南風や永病めば土摑みたし　香取哲郎
いや白きは南風つよき帆ならむ　大野林火
海南風死に到るまで茶色の瞳　橋本多佳子
クラリネット光のごとく南風（はえ）にきこゆ　川島彷徨子
汐満てりはえとなりゆく朝の岬　及川貞
のけぞれば吾が見えたる吾子に南風（みなみ）　中村草田男

白南風や裏木戸を開けて日輪

野崎憲子

この句は、私の友人から貰った金子兜太・主宰「海程」誌に、秀句として、主宰が抽出したものである。誤解のないように但し書きしておくが、金子兜太が亡くなって、今は、もう「海程」誌は無くなったので、念のため。

「白南風」の説明として、下記を引いておく。

〈鳥羽・伊豆の漁師は、梅雨始めの強い南風を黒南風、梅雨期間中の強い南風を荒南風（あらはえ）、梅雨明けを白南風と呼ぶという。

九州西北部では、今でもこのことばを使っているが、白や黒は、雲の色からの命名である。すなわち、梅雨中の陰雲な日の南風が黒南風で、そよそよと吹く季節風である。ただし、荒南風は黒南風が強くなって、出漁などに好ましくない風のこと。

白南風は、梅雨が明けて黒雲が去り、空に巻雲や巻層雲が白くかかるころ、そよ吹く南からの季節風のことである。

歳時記では、黒南風は仲夏（六月六日～七月六日）、白南風は晩夏（七月七日～八月七日）の季語に配されている。

「おもろさうし」には、黒南風に相当する語は見当たらない。しかし、梅雨明けのころの南風のことをうらしろ（浦白）と言っている。

まはえ（真南風）という語もある。これも白南風と見て良い。唐・南蛮から富を運んだ風のことだろう。いわゆる夏至南風のことである。夏至南風という語は「おもろ語」にはない。案外あたらしいことばなのかも知れない。
なお久高島には、フシ・アギ（星上げ）という風に名がある。この風は黒南風に相当するだろう。〉
「黒南風」と「白南風」のことについては先日のブログで書いた。

ここに引かれている他の句を挙げておく。
もちろん引用は私の独断で、季節に合うものを引いたことを了承されたい。

夏うぐいす自己陶酔のありにけり　平山圭子
死後少し残る聴力夕かなかな　松本夕二
熱帯夜言葉出て行く歯の透き間　水上啓治
母の来て小鳥をつかむ仕草かな　水野真由美
ぼーっと灯り一重瞼を閉じにけり　三井絹枝
草いきれ皮膚は牢のようでもあり　茂里美絵
撫でるごとトマト湯むきす子は遠し　森岡佳子
滝壺をやがて去る水青き真昼　山本勲
遠さかる漢（をとこ）のごとく八月も　柚木紀子

逃げ水のどこにも逃げ場なき瓦礫　有村王志
捨て犬を連れてジューンブライドや　石川義倫
夏橙その手ざわりの過去（むかし）を言う　伊藤淳子
ずぶ濡れの姉が桑の実くれしかな　大西健司
屋根裏に蛇這う音の昭和かな　奥山津々子
雨立ち込めて昆虫展の奥に人　小野裕三
泡となる金魚のことば戦の匂い　狩野康子
鬼百合やひとり欠伸は手を添えず　川崎千鶴子
大ぶりの蜘蛛の巣いい仕事してるなあ　佐々木香代子
夏山に雨の襞なす無辺なり　佐藤紀生子

楢の木の樹液もとめて這ふ百足《むかで》
足一本も遊ばさず来る

木村草弥

この歌は私の第一歌集『茶の四季』（角川書店）に載るもの。

百足（むかで）というのは噛まれるとひどく痛い害虫で、気持の悪い虫だが、樹木の茂る辺りから梅雨から夏にかけて住宅の中にまで侵入してくるから始末が悪い。

朝起きると枕元に大きなムカデが居て、ギョッとして大騒ぎになることがある。噛まれなかってよかった、ということになる。

以前住んでいた家は雑木林がすぐ近くにあったので夏にはムカデがよく家の中に入って来たものだ。

ムカデは節足動物だが、ムカデ綱に属する種類のうち、ゲジ目を除いた種類の総称で、日本には一三〇〇種類も居るという。

このように気持の悪い虫だが、私の歌にある通り、ナラやクヌギなどの里山には、カブトムシなどと争って木の樹液を求めて出てきたりするのである。

ムカデにも肉食と、樹液などを吸いに来るものと二種類いるそうである。

私の歌は、そういう樹液に群がるムカデを詠んでいる。

物の本によると、

〈ムカデは主に小さな昆虫を獲物にするほか樹液も餌にするため、カブトムシやクワガタと一緒に樹液場に現れことがあります。樹液自体を餌にするのはもちろん、樹液に寄ってくる小型の昆虫を待ち伏せするためだと考えられます。〉

と書いてあるから、私の記事は的外れでもなさそうである。

ムカデの動きを観察していると、私の歌の通り、あの多くの足をからませることもなく、すすすすと進んで来るのである。だから私は「足一本も遊ばさず来る」と表現してみた。

先に「害虫」だと書いたが、昔から、ものの本によるとムカデは「益虫」だと書いてあるという。

ムカデは百足虫とも、また難しい字で「蜈蚣」とも書いて、いずれもムカデと訓（よ）ませる。


　蜈蚣をも書は益虫となしをれり　相生垣瓜人

という句にもある通りである。

以下、歳時記に載るムカデの句を引いて終わりたい。

　小百足を打つたる朱（あけ）の枕かな　日野草城
　硬き声聞ゆ蜈蚣を殺すなり　相生垣瓜人
　夕刊におさへて殺す百足虫の子　富安風生
　百足虫出づ海荒るる夜に堪へがたく　山口誓子
　ひげを剃り百足虫を殺し外出す　西東三鬼

殺さんとすれば百足も動顚す　百合山羽公
壁走る百足虫殺さむ蝋燭火　石塚友二
なにもせぬ百足虫の赤き頭をつぶす　古屋秀雄
三四日ぐづつく雨に百足虫出づ　上村占魚
殺したる百足虫を更に寸断す　山口波津女
百足虫出て父荒縄のごと老いし　大隈チサ子

あめんぼと同じ身軽さ職退けり　岡崎伸

「あめんぼう」は漢字で書くと「水馬」となる。

私の歌にも、こんな作品がある。


水馬《あめんぼう》がふんばつてゐるふうでもなく水の表面張力を凹ませてゐる　木村草弥

この歌は私の第四歌集『嬬恋』（角川書店）に載るものである。

「あめんぼう」は小さな、体重の軽い水生昆虫だから、細く長い脚の先で、巧みに水の表面張力を利用して、六本の脚で立って、ひょいひょいと水面を移動する。

私は幼い頃から、内向的な性格で、こんな虫や蟻などの生態を、じっと眺めているのが好きだった。と言って「昆虫少年」になることもなかった。

歳時記を見てみると「みずすまし」という名前が、間違って、この「あめんぼう」のこととして呼ばれていたらしい。

「みずすまし」というのは全然別の虫であって、一センチほどの紡錘形の黒い虫である。

「まいまい」という名前がある通り、水面をくるくると輪をかいて廻っている。水中に潜るときは、空気の玉を尻につけている。

『和漢三才図会』には〈常に旋遊し、周二三尺輪の形をなす。正黒色、蛍に似たり〉と書かれている。

「あめんぼう」（水馬）については〈長き脚あって、身は水につかず、水上を駆くること馬のごとし。よりて水馬と名づく〉と書かれていて、なるほどと納得する。

「あめんぼう」という命名は、飴のような臭いがするので、この名があるという。

以下、「あめんぼう」についての俳句を少し引くが、その中で「水すまし」とあるのは間違いということになる。

読み替えていただきたい。

水馬水に跳ねて水鉄の如し　村上鬼城
水隈にみづすましはや暮るるべし　山口誓子
夕焼の金板の上水馬ゆく　山口青邨
水馬交み河骨知らん顔　松本たかし
打ちあけしあとの淋しき水馬　阿部みどり女
八方に敵あるごとく水すまし　北山河
水馬はじきとばして水堅し　橋本鶏二
水玉の光の強き水馬　八木林之助
水路にも横丁あつて水馬　滝春一

あめんぼと雨とあめんぼと雨と　藤田湘子

恋に跳ね戦ひに跳ねあめんぼう　村松紅花

あめんぼうつるびて水輪ひろがらず　長谷川久々子

風来の風風来の水馬　的野雄

ナルシスの鏡を磨く水馬　宮下恵美子

水すまし水くぼませて憩ひけり　西嶋あさ子

池水は濁り太宰の忌の来れば
私淑したりし兄を想ふも　木村草弥

この歌は私の第一歌集『茶の四季』（角川書店）に載るものである。

今日六月十三日は小説家・太宰治の忌日である。

昭和二三年六月十三日、彼は山崎富栄と三鷹上水に入水、同月十九日に遺体が発見されたので忌日は今日だが、毎年墓のある禅林寺で行われる「桜桃忌」は十九日になっている。

この歌は私の長兄・庄助が私淑していた太宰に、昭和十八年に死んだ時に「療養日誌」を送り、それを元に太宰の『パンドラの匣』が書かれたことを意味している。

歌の冒頭の「池水は濁り」のフレーズは、太宰が入水に際して、仕事場の机の上に書き残して置いた、伊藤左千夫の歌

池水は濁りににごり藤波の影もうつらず雨ふりしきる

に由来している。

この年は雨の多い梅雨で、太宰が、この伊藤左千夫の歌を引用した心情が、よく理解できるのである。

太宰治のことについては、ここでは特別に触れることはしないが、『パンドラの匣』のモデルが兄で

あることは作品の「あとがき」にも明記されているし、全集の「書簡集」にも兄と太宰との交信の手紙や兄の死に際しての太宰の父あての悔み状などが掲載されている。

二〇〇五年末に次兄・重信の手で上梓された、亡兄・庄助の『日誌』については私の二〇〇九・四・十七付けの記事に詳しい。

太宰治研究家で私宅とも親交のある浅田高明氏が「解説」を書いていただいた。

太宰研究者は、この本に書かれているようにたくさん居るが、兄の「療養日記」と「パンドラの匣」の、モデルと小説との異同や比較研究は浅田氏の独壇場であり太宰研究者の中では知らぬ人はいない。

これらに関する浅田氏の著書は五冊にも上る。詳しくはネット上で検索してもらいたい。

「木村庄助」についてはWikipediaの記事に詳しい。写真も見られる。

兄は昭和十八年に亡くなっているので太宰治の晩年の「無頼」な生活は知らないのは良かったと思う。

兄・庄助は、そんな無頼に憧れていたのではないからである。

太宰治については、このＢＬＯＧでも何度か書いたので詳しくは書かない。

この歌の前後に載っている私の歌を引いておく。

　　宿痾なる六年（むとせ）の病みの折々に小説の習作なして兄逝く

　　私淑せる太宰治の後年のデカダンス見ず死せり我が兄

　　座右に置く言の葉ひとつ「会者定離」沙羅の花みれば美青年顕（た）つ

　　立行司と同じ名なりし我が祖父は角力好めり「鯱ノ里」贔屓（ひいき）

我が名をば与へし祖父は男（を）の孫の夭死みとりて師走に死せり

「桜桃忌」という季語も存在しているので、それを詠んだ句を引いて終わりたい。

太宰忌の蛍行きちがひゆきちがひ　石川桂郎
太宰忌やたちまち湿る貰ひ菓子　目迫秩父
太宰忌や青梅の下暗ければ　小林康治
太宰忌や夜雨に暗き高瀬川　成瀬桜桃子
眼鏡すぐ曇る太宰の忌なりけり　中尾寿美子
太宰忌の桜桃食みて一つ酸き　井沢正江
濁り江に亀の首浮く太宰の忌　辻田克己

画像にして掲出した本『木村庄助日誌―太宰治「パンドラの匣」の底本』を編集・出版した兄・木村重信も先年の一月三〇日に死んでしまった。うたた感慨ふかいものがある。

ゆるやかに着てひとと逢ふ蛍の夜　桂信子

蛍は日本には十種類ほどが居るというが、一般的にはゲンジボタルとヘイケボタルである。ゲンジの方が大きく、光も強い。

水のきれいなところに棲み、六月中旬ころから出はじめる。ヘイケは汚水にも居るといわれるが確認はしていない。幼虫は水中に棲み、カワニナなどの巻貝を食べて成長する。

成虫の発光器は尾端腹面にあり、雄は二節、雌は一節だという。

この頃では農薬などの影響で蛍はものすごく減った。今では特定の保護されたところにしか居ない。

昔は菜種殻で作った箒で田んぼの中の小川に蛍狩りに出たものである。すっかり郷愁の風景になってしまった。

古来、多くの句が作られて来た。

草の葉を落つるより飛ぶ蛍かな　松尾芭蕉

手の上に悲しく消ゆる蛍かな　向井去来

大蛍ゆらりゆらりと通りけり　小林一茶

などが知られている。以下、明治以後の句を引いて終わりたい。

蛍火の鞠の如しやはね上り　高浜虚子

瀬がしらに触れむとしたる蛍かな　日野草城
人殺す我かも知らず飛ぶ蛍　前田普羅
蛍火の流れ落ちゆく荒瀬見ゆ　山口誓子
蛍火やこぽりと音す水の渦　山口青邨
蛍籠昏ければ揺り炎えたたす　橋本多佳子
初蛍かなしきまでに光るなり　中川宋淵
死んだ子の年をかぞふる蛍かな　渋沢秀雄
蛍くさき人の手をかぐ夕明り　室生犀星
蛍火や女の道をふみはづし　鈴木真砂女
ひととゐてほたるの闇のふかさ言ふ　八幡城太郎

余談だが、掲出した写真の白花ホタルブクロが今ちょうど咲いていて、その鉢を先日から玄関に飾ってある。なよなよした草で紐で周囲を囲ってある。茎立ち五本で十数輪咲いているが、しばらくは蕾が次々に咲くが花期は二〇日ほどしかもたない。後の一年は、もっぱら根を管理するだけである。

乾盃の唄

川崎洋

飲みはじめてから
酔いが一応のレベルに達することを
熊本で
「おさが湿る」というそうな
「おさ」は鰓（えら）である
きみも魚おれも魚
あの女も魚
ヒトはみな形を変えた魚である
いま　この肥後ことばの背後にさっとひろがった海へ
還ろう
やがて　われらの肋骨の間を
マッコウクジラの大群が通過しはじめ
落日の火色が食道を赤赤と照らすだろう
飲めぬ奴は

陸（おか）へあがって
知的なことなんぞ呟いておれ
いざ盃を

この詩を見るかぎりでは、川崎洋は、結構な「呑んべえ」だったらしい。「飲めぬ奴は／陸へあがって／知的なことなんぞ呟いておれ」というところなど、痛快である。

この詩の解説で彼は

〈川崎洋〉は本名である。生まれたのは東京都大森（現大田区）で、大森海岸に近い。太平洋戦争中、中学二年の時、父の郷里である福岡県へ転居した。有明海に臨む筑後の地で、ここで私は敗戦をはさむ七年間を過ごした後、現住地の神奈川県横須賀市に居を移し現在に到る。横須賀はご存じのように東京湾に面した市だ。

つまり私はずーっと海の近くに住み続けてきたことになる。体が潮を含んだ空気に馴染んでいて、生理的に安らぐからだろうが、それぱかりではないような気がする。

日本民族は各地からやってきた諸民族の混交だとはよく言われるところだが、だとすると私は、南太平洋地域から流入した祖先の血をかなり色濃く受け継いでいるように思えてならない。……南へは、行けば行くほど精神は弛緩し、手足はのびのびとする。南の持つ楽天性、向日性、陽気……。私の嗜好を並べ立てれば、たぶん歳時記の〈夏〉に属する項目が目につくだろう。

この詩は、私のなかの南が書かせたに違いないと、不出来の責任を祖先になすりつけたいというのが、いまの心境である。


と書いている。

川崎洋は一九三〇年一月二六日生まれで、二〇〇四年十月二一日に死んだ。

私は彼より年長だと思っていたが、調べてみると私は同年の二月七日生まれだから彼の方が数日早く生まれている。

彼の詩は言葉はわかりやすいが、内容に深遠な思想を湛えているものがある。それについては後日に機会があれば紹介したい。

私は酒は嗜む程度だが、老年期になるまでは日本酒が嫌で、鼻の先に持ってくるだけで不快でビールなどを飲んでいたが、不思議なことに老年になるとビールを飲むと腹が冷えて、また腹がふくれるばかりで好みではなくなった。その代わりに日本酒が嫌でなくなり、チビチビと小さい盃で飲むのが性に合ってきた。加齢によって嗜好も変るのである。

ただし、深酒をして酔いつぶれる人が身近にいて苦労したので、いわゆる「酒飲み」は嫌いである。少量の酒を肴に文学論など戦わせるような酒が、よい。

沙羅の花捨身の落花惜しみなし　石田波郷

私の歌にも「沙羅」を読んだ作品がある。こんなものである。

散るよりは咲くをひそかに沙羅の木は一期《いちご》の夢に昏《く》るる寺庭　木村草弥

この歌は私の第二歌集『嘉木』(角川書店) に載るものである。

沙羅の花を詠んだ私の歌としては

沙羅の花ひそかに朝の地(つち)に還りつぶやく言葉はウンスンかるた

畳まで緑に染まる沙羅の寺黙読の経本を蟻がよぎりぬ

地獄図に見し死にざまをさまよへば寺庭に咲く夏椿落つ

が『嬬恋』『茶の四季』(いずれも角川書店) に載っている。これらも一体として鑑賞してもらえば有難い。

「沙羅」の花あるいは「沙羅双樹」というのは六月中旬になると咲きはじめるが、これは平家物語の

〈祇園精舎の鐘の声、

諸行無常の響きあり、
沙羅双樹の花の色、
盛者必滅の理をあらはす〉

に登場する有名な花であるが、実はインドの沙羅双樹とは無縁の木であり、「夏椿」を日本では、こう呼んでいるのである。

こういうことは、よくあることで、たとえば「菩提樹」と言う木は沙羅の木と同様にインドの木で仏教でお釈迦さまの木として有名だが、ヨーロッパにもベルリンのウンター・デン・リンデン大通などにある木も菩提樹と呼ばれているし、歌曲にも菩提樹というのがあるが、これも全く別の木である。

「夏椿」は一日花で次々と咲いては、散るを繰り返す。
その儚（はかな）さが人々に愛された所以であると言われている。
沙羅の木＝夏椿は、その性質上、寺院に植えられていることが多い。
京都のお寺では有名なところと言えば、
妙心寺の塔頭（たっちゅう）の東林院
城南宮
真如堂
法金剛院

宝泉院　　などがある。

その中でも東林院は、自ら「沙羅双樹の寺、京都の宿坊」とキャッチコピーを冠している程で「沙羅の花を愛でる会」というのが、この時期に開催されている。

この時期には散った花が夏椿の木の下に一面に散り敷くようになり風情ある景色が現出する。いわば沙羅の花は「散った」花を見るのが主眼であるのだ。

だから私は歌で、わっと派手に散った花よりも咲く花が「ひそか」である、と表現したのである。

なお沙羅の字の読み方は「さら」「しゃら」両方あるが私としては「しゃら」の方を採りたい。

俳句にも詠まれているので、それを引いて終わりたい。「沙羅の花」が夏の季語。

踏むまじき沙羅の落花のひとつふたつ　日野草城
沙羅散華神の決めたる高さより　鷹羽狩行
沙羅は散るゆくりなかりし月の出を　阿波野青畝
沙羅の花もうおしまひや屋根に散り　山口青邨
天に沙羅地に沙羅落花寂光土　中村芳子
秘仏の扉閉ざして暗し沙羅の花　八幡城太郎
沙羅の花見んと一途に来たりけり　柴田白葉女
齢一つ享けて眼つむる沙羅の花　手塚美佐
沙羅咲いて花のまわりの夕かげり　林翔

沙羅の花夫を忘るるひと日あり　石田あき子

沙羅落花白の矜持を失はず　大高霧海

東林院でも、そうだが、この頃はインターネット時代で、神社仏閣も、競ってＨＰを作って参拝者を募っている。

私の友人で歌人仲間で奈良の藤原鎌足ゆかりの談山神社の神官二人がいるが、そのうちの一人はＨＰを担当して神社のＨＰ製作にあたっている。

ＨＰを開いてから参拝者が三倍になったという。そんな世の中になったのである。

蜥蜴照り肺ひこひことひかり吸ふ　山口誓子

ウォーキングしていて、道端の石の上を蜥蜴（とかげ）が横切ったので、急にトカゲのことを書く気になった。

トカゲは色々の種類が居るが「青とかげ」が美しい。

掲出の句は、トカゲの呼吸で喉がひこひこと動いている、と観察眼するどく描いている。

変温動物なので冬は冬眠する。

春とともに活動をはじめ、七、八月に土を掘って十個ほど産卵するというが、田舎暮らしながら、私は、まだ見たことがない。

爬虫類はどことなく不気味だが、蜥蜴は可愛い感じの小動物である。

その怜悧そうな目や、喉の動きなどは、動きのすばやさとともに印象的である。

蜥蜴を詠んだ句を引いて終わる。

三角の蜥蜴の顔の少し延ぶか　高浜虚子
歯朶にゐて太古顔なる蜥蜴かな　野村喜舟
石階の二つの蜥蜴相識らず　富安風生

さんらんと蜥蜴一匹走るなり　小島政二郎
父となりしか蜥蜴とともに立ち止る　中村草田男
薬師寺の尻切れとかげ水飲むよ　西東三鬼
直はしる蜥蜴わが追ふ二三足　石田波郷
いくすぢも雨が降りをり蜥蜴の尾　橋本鶏二
交る蜥蜴くるりくるりと音もなし　加藤楸邨
蜥蜴かなし尾の断面も縞をもつ　中島斌雄
高熱の青き蜥蜴は沙(すな)に消え　角川源義
青蜥蜴おのれ照りゐて冷え易し　野沢節子
青蜥蜴オランダ坂に隠れ終ふ　殿村菟糸子
蜥蜴楽し青き牛蒡の葉に乗つて　沢木欣一
人に馴ることなく蜥蜴いつも走す　山口波津女

ねそびれてよき月夜なり青葉木菟《あをばずく》
森かへてまた声をほそめぬ　穂積忠

アオバズクは梟の一種で、鳩くらいの大きさ。「ほうほう」と二声づつ含みのある調子で鳴く。オーストラリア辺りから渡ってくる夏の渡り鳥だという。

夏の、よい月の夜、寝そびれて、ふと聞きとめた青葉木菟の声。途絶えたと思うと、思いがけない方角の森で、また鳴きはじめた。声を細めて鳴きはじめるのが何とも言えず、ゆかしい感じがする。引き込まれてアオバズクの声を追っている気持が「森かへて」や「声をほそめぬ」によく表れている。鳥声に心もいつか澄んでゆく。

穂積忠は明治三四年静岡県の伊豆に生まれ、昭和二九年に没した。教育者だった。中学時代から北原白秋に師事したが、国学院大学で折口信夫（釈迢空）に学んで傾倒、歌にもその影響が見られる。

昭和十四年刊『雪祭』所載。

アオバズクは四月下旬頃に南方から飛来し、都市近郊の社寺などの森に棲んで五、六月頃に産卵、十月頃南方に帰る、という。

そして夜間に活動して、虫や小鳥、蛙などを食うらしい。名前の由来は、青葉の森の茂みの暗がりと声の感じがよく合って、この命名となったものか。

俳句にも、よく詠まれる題材で、少し句を引いてみる。

こくげんをたがへず夜々の青葉木菟　飯田蛇笏
夫(つま)恋へば吾に死ねよと青葉木菟　橋本多佳子
青葉木菟月ありといへる声の後　水原秋桜子
眠れざる者は聞けよと青葉木菟　相生垣瓜人
青葉木菟おのれ恃めと夜の高処　文挟夫佐恵
五七五七と長歌は長し青葉木菟　高柳重信
青葉木菟遠流百首を諳じる　野沢晴子
青葉木菟次の一語を待たれをり　丸山哲郎
青葉木菟夜もポンプをこき使ふ　鷹羽狩行
考えを打ち切る青葉木菟が鳴く　宇多喜代子
青葉木菟木椅子を森の中ほどに　井上雪

どの谷も合歓のあかりや雨の中　角川源義

いつも散歩というかウオーキングというか、の道の途中に合歓の木が三本ある。ネムの花は、これからが丁度、花どきである。

この木はマメ科ネムノキ属。本州、四国、九州および韓国、台湾、中国、さらに南アジアに広く分布するという。落葉高木で高さ六〜九メートルに達し、枝は斜めに張り出して、しなやか。葉は羽状に細かく分かれた複葉で、夜になるとぴたりと合わさる。

そのゆえに葉の睡眠として「ネム」の名がつけられた。この図鑑の説明を読んでから、実際の木を見てみると、まさにその説明の通りである。

この句の作者・角川源義も俳人だったが、「角川書店」の創業者として著名な人である。

芭蕉の句に

象潟や雨に西施がねぶの花

というのがあるが、「合歓」の花は、そういう悲運の女性を象徴するもののようで、この二つのものの取り合わせが、この一句を情趣ふかいものにした。

合歓の花については多くの句が詠まれている。少し引いてみよう。

総毛だち花合歓紅をぼかしをり　川端茅舎
雲疾き砂上の影やねむの花　三好達治
銀漢やどこか濡れたる合歓の闇　加藤楸邨
花合歓や補陀落(ふだらく)といふ遠きもの　角川春樹
合歓に来る蝶のいろいろ花煽　星野立子
合歓咲いてゐしとのみ他は想起せず　安住敦
花合歓の下を睡りの覚めず過ぐ　飯田龍太
合歓咲けりみな面長く越後人　森澄雄
合歓の花不在の椅子のこちら向く　森賀まり
合歓咲くや語りたきこと沖にあり　橋閒石
風わたる合歓よあやふしその色も　加藤知世子
山に来て海を見てゐる合歓の花　菊地一雄
花合歓の夢みるによき高さかな　大串章
葉を閉ぢし合歓の花香に惑ひけり　福田甲子雄
霧ごめの二夜三夜経てねむの花　藤田湘子

私にも合歓を詠んだ歌がある。第二歌集『嘉木』(角川書店)に

夕されば仄(ほの)と咲きいづる合歓の香に待つ人のゐる喜びがある　木村草弥

この歌は、この歌集の「つぎねふ山城」の章の「夏」に載る。「待つ人」とは、もちろん妻のことである。その妻が亡くなった今となっては、一層想いは深いものがある。
念のために、その一連を引用してみよう。

若き日の恋　木村草弥

咲き満ちて真夜も薔薇(さうび)のひかりあり老いぬればこそ愛(いと)しきものを
夕されば仄と咲きいづる合歓の香に待つ人のゐる喜びがある
はまなすの丘にピンクの香は満ちて海霧(じり)の岬に君と佇ちゐき
茎ほそき矢車草のゆれゐたる教会で得し恋いつまでも
むらさきのけぶる園生の遥けくてアガパンサスに恋の訪れ
幸せになれよと賜(た)びし鈴蘭の根が殖えをりぬ山城の地に
原爆を許すまじの歌ながれドームの廃墟に夾竹桃炎ゆ
ガーベラに照り翳る日の神秘あり鴎外に若き日の恋ひとつ
百日を咲きつぐ草に想ふなり離れゆきたる友ありしこと
藤房の逆立つさまのルピナスは花のいのちを貪りゐたり
しろじろと大きカラーの花咲きて帆を立てて呼ぶ湖の風

これらの歌は、それぞれの花の「花言葉」に因む歌作りに仕立ててある。それぞれの花の花言葉を子細に調べていただけば、お判りいただけよう。

もう二十年以上も前の歌集だが、こうして読み返してみると、感慨ふかいものがある。「合歓の花」からの回想である。

紫陽花に置いたる五指の沈みけり　川崎展宏

「紫陽花」の時期としては六月中旬が最盛期で、何といってもアジサイは梅雨の花である。あじさいの「あず」は集まる、「さい」は真藍の語からきたもので、古語ではアズサイと呼んだ。落葉低木で、もともとは日本の山野に自生していたガクアジサイから改良されたものという。庭園や寺院などの鑑賞植物として梅雨期の花として、おおらかに、みづみづしく咲くものとして目立つ存在である。わりに花期が長くて、小さくて多い四弁の花を、毬状に群がって咲かす。花弁に見えているのは「萼(がく)」で、花はその中で細かな粒になっている。白、淡緑、紫そして淡紅色と花の色が変化するので「七変化」と称される。

花の色が変わるのはフラボン系の物質が変化するためと言われている。

また植えられている土が酸性かアルカリ性かによって花の色が左右されるという。

日本の山野に自生していたガクアジサイを西洋に持って行ったのはシーボルトだと言われるが、これが西洋で品種改良されて、こんにち我々が目にするさまざまの園芸種の西洋アジサイになったという。

今ではヨーロッパでもアジサイはすっかり定着してしまったらしい。

「万葉集」には、左大臣橘卿の

あぢさゐの八重咲くごとく弥つ代にをいませわが背子見つつ偲ばむ

という歌の他に一首が載っている。

私の住む近くでは西国三十三ケ所霊場巡りの札所でもある宇治市の三室戸寺が広い庭園の木の下に何千本ものアジサイを植えて有名である。

俳句にもたくさん詠まれているので、少し引いて終わりたい。

紫陽花や帷子(かたびら)時の薄浅黄　松尾芭蕉
紫陽花に雨きらきらと蝿とべり　飯田蛇笏
ゆあみして来てあぢさゐの前を過ぐ　山口誓子
紫陽花やはかなしごとも言へば言ふ　加藤楸邨
あぢさゐの花より懈(たゆ)くみごもりぬ　篠原鳳作
あぢさゐや軽くすませる昼の蕎麦　石川桂郎
あぢさゐは初花のうすいろにこそ　松村蒼石
大仏の供華鎌倉の濃紫陽花　百合山羽公
紫陽花の真夜の変化はわれ知らず　鈴木真砂女
紫陽花の醸せる暗さよりの雨　桂信子
紫陽花や家居の腕に腕時計　波多野爽波

あぢさゐや逢はばすずしくもの言はむ　細見綾子
紫陽花を買ふ夕暮の河の色　有馬朗人
紫陽花や恋知らぬ間のうすみどり　林翔
紫陽花剪るなほ美(は)しきものあらば剪る　津田清子
絹の服着なじむ午後を日の四葩(ひら)　鍵和田秞子
父の日の紫陽花ふかく切られけり　日下部宵三
考へのまとまりかかり濃紫陽花　成瀬正俊

――巡礼の旅――(1)―

ナオミ・シェメルの歌『黄金のエルサレム』

木村草弥

今日はイスラエルの作詞・作曲家ナオミ・シェメルの忌日である。

ナオミ・シェメル(一九三〇年七月十三日~二〇〇四年六月二六日、)は現代イスラエルの最も有名な女性作詞・作曲者で、イスラエル建国後の重要な場面で多くの歌を発表して、国民から愛唱され、特に「黄金のエルサレム」は第二のイスラエル国歌とまで言われている。

ナオミ・シェメルは一九三〇年に、ガリラヤ湖のほとりのキブツに生まれている。

両親は一九二〇年代にリトアニアから第三次シオン帰還運動で移動してきたユダヤ人で、このキブツの創始者の一家族であり、ナオミは子供時代から特に母からきびしい音楽教育を受けた。

長じてイスラエル国防軍の慰問団で働き、この間にエルサレム音楽・舞踏アカデミー(Jerusalem Academy of Music and Dance)で学んでいる。

結婚して、二児を得ている。二〇〇四年、ガンのため七三歳で亡くなった。

ナオミ・シェメルは自分で作詞・作曲しているが、女性詩人のラヘル・ブルーシュタインなどの有名な詩にも作曲をしたり、ビートルズの曲にヘブライ語の作詞をしたりもしている。

イスラエル建国と発展の各過程で依頼されて作った歌も多く、人々の喜び・悲しみ・希望を歌い、多くの人々に愛唱されている。一九八三年、イスラエル国民栄誉賞を受賞している。一番有名な歌は、一九六七年のイスラエル独立記念日の音楽祭の招待曲として作られた「黄金のエルサレム」（エルシャライム・シェル・ザハヴ、英文：Jerusalem of Gold）である。歌の内容はイスラエルの歴史から現代の希望までをカバーしており、含蓄の深いものとなっている。この歌が作られて直後に六日戦争（第三次中東戦争）が起きて、後でイスラエルがこの戦争で勝ち取った東エルサレムについて（そこにユダヤ人にとって大切な「神殿の丘」と「嘆きの壁」がある）についての四番目の歌詞が追加されている。

今年はイスラエル建国から七十一年。

ユダヤ人にとっては悲願の建国であったが、歴史的にみると、今から三千年も前に古代イスラエル王国は築かれた。神殿の丘には、エルサレム神殿が建てられユダヤ教の礼拝の中心地として栄えていた。しかし、紀元六六年に始まったローマとのユダヤ戦争で、エルサレムはローマ軍によって陥落し、神殿は壁一枚を残して完全に破壊されてしまった。

神殿の西側に位置するため「西壁」と呼ばれるが、これがいわゆる「嘆きの壁」である。

ユダヤ戦争は、最後の拠点だったマサダの要塞の陥落をもって終結する。

以降、ユダヤの民は世界に離散し流浪の歴史を辿ることになった。

二十世紀になり、第二次世界大戦後にはナチスに迫害されたユダヤ人国家の建国機運が高まり、一九四八年に国連はイスラエル建国を宣言した。

すると周囲のアラブ諸国は猛反発し、その後の中東戦争へと足を踏み入れることになる。

この歌が作られた一九六七年当時、エルサレム旧市街やエリコを含むヨルダン川西岸地域はヨルダン領であり、ユダヤ人は自らの聖地で祈りを捧げることも出来なかった。

故郷への想いが綴られた歌詞の一部を下記に紹介する。

黄金のエルサレム

1番

山々の風はワインのように冷ややかで、松のにおいが
夕方の風に乗って太鼓の音と共に漂っていく。
そして木も石もまどろんで夢の中に休むとき、
ただ一人立つこの町は城壁の中にある。
(繰り返し) 黄金のエルサレムよ、そして銅と光の町よ、
貴方にとって私は竪琴でありたい。

2番

水ためはどこへ行ったのか、市場は廃墟のようだ。

そして誰も古代の都市エルサレムにある神殿を散策しようとしない(できない)

岩山の洞窟では風がうなりを揚げ（るだけ）、
そしてジェリコを通って死海に下る者は誰も居ない。
3番
ああ、あなた（エルサレム）の歌を歌う日が来たときに、そしてあなたに王冠をかぶせるときに、
私はあなたの子供の中でもっとも若い者よりも小さくなり、あなたの歌い手たちの最後尾につきたい。
さもなくば、あなたの名前が、天使の口付けで私の唇を焼き尽くしてしまう
もし私が、全てが金のあなた、エルサレムを忘れることがあるとしたら。
4番
我々は水ためへ、そして市場に、野原に帰ってきた
つのぶえは神殿の丘に、古代の町（エルサレム）に、響き渡る。
そして岩山の洞窟には、何千もの太陽が昇り輝き、
私たちはジェリコの道を通って、死海へと戻り下っていく。

この歌が発表された僅か三週間後、第三次中東戦争により、たった六日間でイスラエルは歴史的勝利を収めることになる。

この歌「黄金のエルサレム」は、まるで将来を予言していたかのようだった。

「嘆きの壁」が解放されると市民たちは、そこで真っ先に「黄金のエルサレム」を歌ったという。

エジプトのムバラク政権が倒れて、イスラエルとの共存の模索は宙に浮いた形になってしまった。ムバラクに徹底的に弾圧されてきたイスラム政党が息を吹き返すのは自明のことであり、彼らがイスラム原理主義に突き進むのかが気がかりである。

「アラブの春」ともてはやされた各国の革命も、その後の推移を見ると、期待外れの観が多い。政権を取った為政者が強権的な支配を進めることが多く、化石燃料から来る収入も一般庶民には「富」として配分されず、一部の人が恣意的に独占している。一般庶民は貧しいままで、物価だけが値上がりしているらしい。

イスラエルのユダヤ教徒の中にも対立があり、アラブとの「共存」をめざしていたレビン首相が二十世紀末に暗殺され、以後歴代首相は対アラブ強硬派が政権を占め、国連決議を無視してヨルダン川西岸にユダヤ人入植地建設を強行してきた。

ナオミ・シェメルは決して無分別の人ではなかったので惜しい人を亡くしてしまった。

イスラエルの生きる道は周辺諸国との「共存」なくしては在り得ないことを認識すべきだろう。

イスラエルについては、後日、十月に記事を四回ほど載せる予定である。

青蛙喉の白さを鳴きにけり　松根東洋城

厳密に言うと「青蛙」という種類はちゃんと居るのだが、この句の場合、そんな厳密な区別をして作ってあるとは思えない。一般的に「緑色」の蛙ということだろう。

「青蛙」という種類は緑色の体長七センチくらいのカエルで、シュレーゲルアオカエルという、れっきとした名前を持っている。

「モリアオガエル」は本州、四国、九州の平地の低い木や草に棲む。指先に吸盤がある。

モリアオガエルの卵塊だが、浅い池や沼のあるところで枝先が水面に張り出した低い木の葉の先に卵を産む。孵った蛙のオタマジャクシは水面に落ちるという工夫である。

雨蛙は住宅地なんかの草や木にも繁殖する。

天気が雨模様になってくると、湿気を感知してキャクキャクキャクキャクと鳴く。

私の家の辺りにもたくさん居るが、どこで卵やオタマジャクシになるのか、いまだに知らない。

「シュレーゲル」なんていう外国名がついているが、れっきとした日本の固有種である。

名前はオランダのライデン王立自然史博物館館長だったヘルマン・シュレーゲルに由来する。

分布

日本の固有種で、本州・四国・九州とその周囲の島に分布するが、対馬にはいない。

形態

体長はオス三～四センチ、メス四～五、五センチほど。体色は腹側は白く背中側は緑色をしているが、保護色で褐色を帯びることもある。虹彩は黄色。

外見はモリアオガエルの無斑型に似ているが、やや小型で、虹彩が黄色いことで区別できる。また別科のニホンアマガエルにも似ているが、より大型になること、鼻筋から目、耳にかけて褐色の線がないこと、褐色になってもまだら模様が出ないことなどで区別できる。

生態

水田や森林等に生息し、繁殖期には水田や湖沼に集まる。繁殖期はおもに四月から六月にかけてだが、地域によっては二月から八月までばらつきがある。

食性は肉食性で昆虫類、節足動物等を食べる。

繁殖期になるとオスは水辺の岸辺で鳴く。鳴き声はニホンアマガエルよりも小さくて高く、「コロロ・コロロ」と聞こえる。卵は畦などの水辺の岸辺に、泡で包まれた三～一〇センチほどの卵塊を産卵する。泡の中には二〇〇～三〇〇個ほどの卵が含まれるが、土中に産卵することも多くあまり目立たない。孵化したオタマジャクシは雨で泡が溶けるとともに水中へ流れ落ち、水中生活を始める。

なお、地域によってはタヌキがこの卵塊を襲うことが知られる。夜間に畦にあるこの種の卵塊の入った穴を掘り返し、中にある卵塊を食うという。翌朝に見ると、水田の縁に泡と少数の卵が残されて浮いているのが見かけられる。

以下、青蛙ないしは雨蛙を詠んだ句を引いて終わりたい。

梢から立小便や青かへる　小林一茶
青蛙おのれもペンキぬりたてか　芥川龍之介
青蛙ばつちり金の瞼かな　川端茅舎
軒雫落つる重たさ青蛙　萱裸馬
青蛙影より出でて飛びにけり　中川宋淵
空腹や人の名忘れ青蛙　井上末夫
雨蛙人を恃みてうたがはず　富安風生
雨蛙ねむるもつともむ小さき相　山口青邨
枝蛙喜雨の緑にまぎれけり　西島麦南
掌にのせて冷たきものや雨蛙　太田鴻村

をさなごのひとさしゆびにかかる虹　日野草城

この句は、幼子と虹を見ている情景を、微笑ましく描写して秀逸である。
ここで虹の句を歳時記から少し引く。

虹立ちて忽ち君の在る如し　高浜虚子
虹のもと童ゆき逢へりその真顔　加藤楸邨
虹といふ聖なる硝子透きゐたり　山口誓子
虹なにかしきりにこぼす海の上　鷹羽狩行
野の虹と春田の虹と空に合ふ　水原秋桜子
天に跳ぶ金銀の鯉虹の下　山口青邨
いづくにも虹のかけらを拾ひ得ず　山口誓子
虹消えて了へば還る人妻に　三橋鷹女
目をあげゆきさびしくなりて虹をくだる　加藤楸邨
虹を見し子の顔虹の跡もなし　石田波郷
虹が出るああ鼻先に軍艦　秋元不死男
虹二重神も恋愛したまへり　津田清子

海に何もなければ虹は悲壮にて　　佐野まもる
別れ途や片虹さらに薄れゆく　　石川桂郎
赤松も今濃き虹の中に入る　　中村汀女

「虹」は、ギリシア神話では、女神イリスが天地を渡る橋とされるが、美しく幻想的であるゆえに、文学、詩歌で多くの描写の素材とされて来た。

終わりに私の第二歌集『嘉木』（角川書店）に載せた「秘めごとめく吾」と題する〈沓冠〉十五首のはじめの歌を下記する。

げんげ田にまろべば空にしぶき降る　架かれる虹を渡るは馬齢　　木村草弥

コンク「サント・フォア教会」

――巡礼の旅――(10)――

木村草弥

フランス中部オーヴェルニュの南限にあるコンクの「サント・フォア教会」は、もともとは修道院として発足したもので、スペインのサンチアゴ・デ・コンポステーラへの巡礼路にあたる。

コンク(Conques、オック語:Concas)は、フランス、ミディ＝ピレネー地域圏、アヴェロン県のコミューン。中世、コンクは聖アジャンのフォワの聖遺物を祀る地として巡礼地であった。

フランスのミディ・ピレネ地方のコンクはル・ピュイを出発地とするスペインのサンチアーゴ・デ・コンポステーラへの巡礼の経由地として、ここコンクは、サント＝フォワ修道院教会とドゥルドゥ川に架かる橋がユネスコの世界遺産に登録されている。

また、フランスの最も「美しい村」にも選ばれている。

コミューンはドゥルドゥ川とウシュ川の合流地点にある。

この地形がホタテガイに似ていたため、コンク(ラテン語ではconcha、オック語ではconcas)という名称を与えられたとされる。県都ロデーズの北にあり、サント＝フォワ修道院周囲に密集する中世以来の町並みが、陽光差す山の中腹に現れる。

生け垣に囲まれた住宅は、正午頃にそのファサードに日が当たる。ホタテガイの意匠が目立つ。通りの舗装、屋根に至るまで石が使われている。扉や窓の縁飾りのために切石が使われ、灰色やピンク色の砂岩、さらに花崗岩が使われることは非常にまれである。

歴史

一説によると、五世紀から、この地に聖ソヴールを祀った小修道院とそれを囲む定住地があったとされる。この小修道院は、イスラム教徒の北進で壊され、七三〇年以降にカール・マルテルの子ピピン三世の支援で再建された。

同時期、修道士ダドンが修道院を建て、八一九年にはベネディクト会の規則を採用した。社会組織が非常によくできていたこの修道院は、重要な領地を次第に統合し、九世紀の経済減退期に繁栄する小島のような状態となった。

八六四年から八七五年のこの時期、コンクの修道士アリヴィスクスが、アジャンの教会に安置されていた聖フォワの聖遺物を盗み出すことに成功するという、歴史的な事件が起きた。聖フォワは三〇三年、アジャンにて十二歳で殉教した少女である。この敬虔なる移動が、すぐに奇跡を誘発し、多くの巡礼者をコンクへ引き寄せたのだった。

同時期、聖ヤコブの墓がサンティアゴ・デ・コンポステーラで発見されたとヨーロッパ各地に伝わった。九五五年から九六〇年の間、ルアルグ伯は使徒を敬い、ガリシアで報いの御礼を述べるべく最初の巡礼の一人となった。

三〇年あまり後、彼の息子レーモンはバルセロナにてイスラム教徒を撃退した。謝意の証として、彼は大規模な戦闘を物語る贈り物をコンクへ贈った。

銀に鞍の彫り物がされた祭壇飾りである。それを用いて修道士たちは大きな十字架をつくった。

十一世紀の間、聖フォワは、スペインでのレコンキスタに赴く十字軍騎士たちの守護聖人であった。

二人のコンクの聖職者が、ナバーラとアラゴンで司教となった。

一〇七七年以降にパンプローナ司教となったピエール・ダンドック、一一〇〇年にバルバストロ司教となったポンスである。

アラゴン王ペドロ一世は、その後に聖フォワへ献堂した修道院を建てている。

コンクを出発後、クエルシーへ向かうものと、モワサックの修道院へ向かうそれぞれの道程をつなぐ巡礼路がある。最短のものはオーバンへ向かう、ドゥルドゥ川に架かる古い橋である。

しかしグラン＝ヴァブル村の小集落ヴァンズルと北西のフィジャックを通過する道程が主流だった。

十三世紀、コンクのサント＝フォワ修道院は強力になり、その経済力は頂点に達した。しかし十四世紀から十五世紀に衰え、一四二四年十二月二二日、ついに世俗化された。

フランス革命後に廃れていたコンクは、一八三七年、当時歴史文化財の検査官でもあったプロスペル・メリメによって再発見された。

宝物や教会の正門は住民の手で完全な状態で保存されていたが、教会には幾らかの補強が必要だった。

一八七三年、ロデーズ司教ブールは、プレモントレ修道会の再建者エドモン・ブルボンによって、聖フォワ信仰と巡礼地コンクの復活を依頼された。

一八七三年六月二一日から、白い修道服をまとった六人の修道士たちが、ロデーズ司教の命令により厳かにかつての修道院に居住するようになった。

フランス第三共和政初期、コンクの住民たちは、既に失われた信仰の記憶が甦るのを目撃したのだ。

一九一一年、中世以来の宝物を保管する博物館が建設された。聖フォワの聖遺物は一八七五年に取り戻され、一八七八年から巡礼が敬意を表しに現れた。

サント＝フォワ修道院と教会

この壮大なロマネスク様式の建物は、十一世紀から十二世紀にかけて建てられた。ファサード両側の二本の塔は、十九世紀のものである。

ティンパヌムは特筆されるものである。修道院と教会には、カロリング朝美術の独特の美が保存されている。内部はピエール・スーラージュによるステンドグラスで飾られている。

サント・フォアの名前を頂いた教会は巡礼路のあちこちに建てられている。

というのは、彼女こそそれらの巡礼路の「守護聖人」だからである。

「半円形壁面」について少し触れておきたい。「半円」という意味は神の「宇宙」であるから、いわば「円蓋」（ドーム）に対応するイメージであろう。

東方ビザンチンに多い「集中方式」（上から見て円が大きな円蓋を柱にして集まること）を水平軸か

ら眺める場合、半円は砂漠をベースとした天空で、星をちりばめた形となる。したがってそれは宇宙の像であり、神の支配する空間と見るのも不思議ではない。そこに多様な主題が刻まれたり、描かれたりするのである。

ここコンクのサント・フォアの場合は「最後の審判」を主題とする。言うまでもなく「ロマネスク」期にはもっとも多いものである。

「世の終わり」が近づきつつあるという人々の心性の表現である。中心に神が位置し、上部には天使が舞う。挙げた右手の側には「善き人々」が聖母マリアの先導にしたがって神を目指している。

その中にこの教会の設立に力があったというシャルルマーニュ大帝の姿も見える。その反対側は地獄であり、いましめを受け、拷問にあっている罪人たちの中心には悪魔（サタン）が居る。その左前には「淫乱」の罪を犯した男女が立っている。

一説によればオーヴェルニュ地方のクレルモン・フェランにあるノートル・ダム・デュ・ポール教会の柱頭の一つに刻まれた人名、ロベールなる職人の組合が、この壁面を刻んだという。ピレネー山脈に近いラングドック地方の流麗な様式と異なり、ずんぐりとして、しかもどこか童画的な印象である。

枇杷の木の少年枇杷を一つ呉れる

秋篠光広

これもウォーキングする道端の家の庭に、たわわに枇杷(びわ)の木に実が生っているのを見たので、載せる気になった。

ビワの実は、今が時期である。販売用には、栽培種で「茂木」ビワが有名である。

ビワは種が大きくて、食べるところは周囲の果肉で、あんまり食べるところが多くなくて、人によって好き嫌いがあるようである。高級品は薄い紙に包まれていたりする。

枇杷というのは、花が初冬の十二月頃に咲いて、果実は翌年の梅雨の頃に熟する。

枇杷の花は地味な、目立たない花である。

枇杷の葉はかなり大きめのもので、この葉は薬草としても珍重される。

ものの本によると、枇杷の花は白く小さいが、香りがよい、と書いてあるが、嗅いだことはない。

寒い時期だから、この花を仔細に観察した人は多くはない筈である。

栽培種でなく、庭木として植えられているのは小ぶりの実である。

毎日通る道筋で、たわわに実っている庭木があるが今日通ったら、その一部に紙袋が被せられていた。

肥料も、ろくに与えていない庭木だから、さほど美味しい枇杷が採れるとも思わなかったが、やはり果実として世話をしてみたいのであろうか、と歩きながら考えたことである。
枇杷の実を詠った句を引いて終わりたい。

枇杷の雨やはらかしうぶ毛ぬらしふる　太田鴻村
枇杷熟れて古き五月のあしたかな　加藤楸邨
枇杷の柔毛(にこげ)わが寝るときの平安に　森澄雄
枇杷買ひて夜の深さに枇杷匂ふ　中村汀女
枇杷の種つるりと二男一女かな　橋間石
枇杷を吸ふをとめまぶしき顔をする　橋本多佳子
船室の明るさに枇杷の種のこす　横山白虹
袋破れ一顆は天へ枇杷実る　稲垣法城子
枇杷たわわ朝寝たのしき女の旅　近藤愛子
菩提寺の枇杷一族のごとこぞる　中田六郎
枇杷山の眩しさ海に近ければ　畠山譲二
枇杷に点る色のはるばる着きしごとし　宮津昭彦
灯や明し独り浴後の枇杷剥けば　石塚友二
枇杷啜り土佐の黒潮したたらす　渡辺恭子
走り枇杷すでにひさげり火山灰の町　大岳麗子

谷に鯉もみ合う夜の歓喜かな　　金子兜太

昭和三〇年代、いわゆる前衛俳句が俳句界を席捲したが、作者はその旗手だった。

この句は、その後の時期の作品。

「無季」の定型句だが、夜、狭い谷あいで鯉がもみ合っている情景を詠んでいるが、性的なほのめかしも感じられる生命のざわめきがある。

無季句ではあっても、この句が喚起する生命力の盛んなほとばしりは、季節なら夏に通じるものに違いない。「鯉」というのが季語にないので〈非〉季節の作品として分類したが、鯉が盛んに群れて、もみ合うというのは繁殖行動以外にはないのではないか。

ネット上で見てみると、鯉の繁殖期は地域によって異なるが四～六月に水深の浅い川岸に群れて産卵、放精するという。それこそ、兜太の言う「歓喜」でなくて何であろうか。

昭和四八年刊『暗緑地誌』に載るもの。

無季俳句の関連で一句挙げると

しんしんと肺蒼きまで海の旅　　篠原鳳作

という句は、戦前の新興俳句時代の秀作で、南国の青海原を彷彿と思い出させるもので秀逸である。

ここらで兜太の句を少し。下記のものはアンソロジーに載る彼の自選である。

木曾のなあ木曾の炭馬並び糞(ま)る

魚雷の丸胴蜥蜴這い廻りて去りぬ――トラック島にて3句

海に青雲生き死に言わず生きんとのみ

水脈の果炎天の墓標を置きて去る

作者は戦争中はトラック島に海軍主計将校として駐在していて敗戦に遭う。

青年鹿を愛せり嵐の斜面にて

銀行員等(ら)朝より蛍光す烏賊のごとく

作者は東京大学出。日本銀行行員であった。いわゆる「出世」はしなかった。

どれも口美し晩夏のジャズ一団

鶴の本読むヒマラヤ杉にシャツを干し

男鹿の荒波黒きは耕す男の眼

林間を人ごうごうと過ぎゆけり

犬一猫二われら三人被爆せず

馬遠し藻で陰(ほと)洗う幼な妻

富士たらたら流れるよ月白にめりこむよ

梅咲いて庭中に青鮫が来ている
遊牧のごとし十二輌編成列車
麒麟の脚のごとき恵みよ夏の人
酒止めようかどの本能と遊ぼうか
ぎらぎらの朝日子照らす自然かな

完全にわれを無視蛇の直線行　　菅八万雄

蛇には、いくつかの種類が居るが、代表的なのは「青大将」である。

蛇は以前に私の歌を引いて書いたので、詳しくは書かない。

蛇は私の地方では「くちなわ」という。語源は「朽ちた縄」の意味であり、古来「くちなは」として古語にもあるので、その古い表現が今でも残っているということである。

青大将は日本に居る蛇の中では一番長い。

「縞蛇」は青大将とは、ずっと小型で細い。

蛇は野ネズミなどを食べるので有益な生き物なのだが、その姿から嫌われ、手ひどい仕打ちを受けることが多い。

日本に棲む蛇で有毒なのは「まむし」(蝮)、「やまかがし」である。沖縄には「はぶ」が居る。

私の旧宅には大きな庭石が前栽にあり、その石の下に、わが家の「主」の青大将が棲んでいた。体の紋の記憶から、そうだとわかる。

この主が居たので、わが家に巣を作るツバメが何度も雛を呑まれたことがある。

雛が大きくなって巣立ち間際になる絶好のタイミングを知っていて未明の薄暗い頃に呑み込むのだ。

冬眠から「啓蟄」の頃に出てくるが、体の成長につれて「皮」を脱いで大きくなる。

蛇は「巳」（み）と言うが、「巳成金」と言って利殖の神様とされ、その「抜け殻」を財布の中に仕舞っている人が居るほどである。だから私の家では、追っ払うことはあっても、決して打ち殺すようなことはしなかった。「巳ぃさん」と敬称をつけて呼ばれていた。

以下、蛇を詠んだ句を引いて終わる。

とぐろ巻く蛇に来てゐる夕日かな　原石鼎
尾のさきとなりつつもなほ蛇身なり　山口誓子
水ゆれて鳳凰堂へ蛇の首　阿波野青畝
吾去ればみ仏の前蛇遊ぶ　橋本多佳子
見よ蛇を樹海に落し鷹舞へり　及川貞
蛇打つてなほまぼろしの蛇を打つ　宮崎信太郎
蛇去つて戸口をおそふ野の夕日　吉田鴻司
蛇逃げて我を見し眼の草に残る　高浜虚子
蛇の眼にさざなみだちて風の縞　松林朝蒼
袈裟がけに花魁草に蛇の衣　富安風生
老斑の手にいま脱ぎし蛇の衣　山口草堂
平凡な往還かがやく蛇の殻　沢木欣一
蛇の衣いま脱ぎ捨てし温もりよ　秋山卓三

虚国《むなくに》の尻無川や夏霞　　芝不器男

芝不器男は、大学生時代の望郷の句――

あなたなる夜雨の葛のあなたかな

が虚子に激賞されたが、昭和五年、二六歳で病没。俳壇を彗星のごとく横切った俳人と惜しまれた。作品わずか二〇〇句ほど、中に珠玉作を数多く持つ。

この句は日光中禅寺湖北方の乾燥湿原である「戦場ケ原」を尋ねたときのものである。「虚国」（むなぐに）はまた「空国」、痩せた不毛の地をいう。そのような原野を流れる川は、いつのまにか先が消えてしまう尻無川。あたり一面夏霞が茫々とかかっている。句全体に一種の虚無感がただよい、時空を越えて古代世界に誘われるような情緒の感じられる句である。

不器男は明治三六年愛媛県生まれ。東京大学林学科、東北大学機械工学科を出た。独特の語感を持ち、古語を交えて、幽艶な調べをかもし出す。時間空間の捉え方も個性的だった。昭和九年刊『芝不器男句集』所載。

以下、不器男の句を少し引く。

汽車見えてやがて失せたる田打かな
人入つて門のこりたる暮春かな
向ふ家にかがやき入りぬ石鹸玉
国原の水満ちたらふ蛙かな
麦車馬におくれて動き出づ
南風の蟻吹きこぼす畳かな
井にとどく釣瓶の音や夏木立
川蟹のしろきむくろや秋磧(かはら)
浸りゐて水馴れぬ葛やけさの秋
みじろぎにきしむ木椅子や秋日和
野分してしづかにも熱いでにけり
草市や夜雨となりし地の匂ひ
大年やおのづからなる梁響
寒鴉己(し)が影の上におりたちぬ

愛媛県文化振興財団により「芝不器男俳句新人賞」が設けられている。

あの夏の数かぎりなきそしてまた
たつた一つの表情をせよ　小野茂樹

過ぎ去った二人の輝かしい夏、あのとき君の表情は、一瞬一瞬変化する輝きそのものだった。変化に満ちた数かぎりない表情、そして、また、そのすべてが君の唯一の表情に他ならなかった、あの夏の、あの豊かさの極みの表情をせよ、と。

恋人の「数かぎりなき」表情が、同時に「たった一つの」表情であるという「発見」に、この歌の要があることはもちろん、この発見は理屈ではない。

青年の憧れと孤愁も、そこには織り込まれて、心理的陰影が色濃く反映されている。


この歌および小野茂樹については短歌結社「地中海」誌上および「座右の歌」という短文に詳しく書いたことがある。

それを読んでもらえば私の鑑賞を十全に理解してもらえると思うが、ここでも少し書き加えておく。

小野茂樹は昭和十一年東京生まれ。

河出書房新社の優れた編集者として活躍していたが、新鋭歌人としても将来性を嘱望されていたが、昭和四五年、退社して自宅に戻るべく拾ったタクシーの交通事故に巻き込まれ、あたら三〇有余歳の若さで急死した。

夫人の小野雅子さんは私も面識があり、原稿依頼もして頂いた仲である。

茂樹と雅子さんは、東京教育大学の付属中学校以来の同級生の間柄で、お互いに他の人と結婚したが、うまく行かず、たまたま再会して、お互いの恋心に気づき、その結婚を放棄して、初恋の人と再婚した、というドラマチックな経過を辿っている。

それらのことについても、上記の私の「座右の歌」という文章にも書いておいた。

この歌は昭和四三年刊の第一歌集『羊雲離散』所載である。

「座右の歌」という文章を読めば判る、というのでは、そっけないので、少し歌を引く。

ひつじ雲それぞれが照りと陰をもち西よりわれの胸に連なる
五線紙にのりさうだなと聞いてゐる遠い電話に弾むきみの声
強ひて抱けばわが背を撲ちて弾みたる拳をもてり燃え来る美し
くぐり戸は夜の封蝋をひらくごとし先立ちてきみの入りゆくとき
いつしんに木苺の実を食らふとき刻々ととほき東京ほろぶ
かの村や水きよらかに日ざし濃く疎開児童にむごき人々
ともしびはかすかに匂ひみどり児のねむり夢なきかたはらに澄む
くさむらへ草の影射す日のひかりとほからず死はすべてとならむ

愛しあう若者のしぐさなども、さりげなく詠まれている。それに学童疎開の経験が彼の心に「苦い記憶」として刻まれていた歌が、いくつかある。

引用した一番あとの歌のように、彼の歌には「孤愁」とも言うべき寂しさがあり、私は、それが彼の死の予感みたいなものではなかったか、と思う。

これについて「座右の歌」には詳しく書いてある。次に、その文章を再掲しておく。

——エッセイ——初出・「地中海」誌一九九八年十月号

「私の座右の歌——小野茂樹——」　木村草弥

くさむらへ草の影射す日のひかりとほからず死はすべてとならむ　小野茂樹

小野茂樹は河出書房新社の秀れた編集者として仕事をしていたが、帰宅するために乗ったタクシーが午前一時すぎに運転をあやまり車外に投げ出され昭和四十五年五月七日早朝に死亡した。三十四歳であった。その夜、一緒であった小中英之と別れた直後の事故であるという。

掲出の歌は第二歌集『黄金記憶』の巻末に近い「日域」と題する五首の一連のものである。この歌をみると「死」の意識が色濃く漂っているのに気づく。

歌の構成としては、初句から三句までの上の句の叙景と、四句五句の下の句の「死」というものについての独白の部分とに直接的な関連はない。

こういうのを「転換」というけれども、この上の句と下の句とが異和感なく一首として成立しているのが、この歌の秀れたところである。

「とほからず死はすべてとならむ」という心の独白は「くさむらへ草の影射す日のひかり」を見ていて、無理にくっつけたものではなく、「くさむら」を見ていた作者の頭の中に、ふと自然に湧き上がって来た想念なのであろう。

だから、この歌は無理なく読み下せるのである。「転換」という手法を用いた秀歌の典型と言ってよかろう。調べもよいから、一度ぜひ口に出して音誦してみてもらいたい。

この第二歌集『黄金記憶』を通読すると、何となく沈潜したような雰囲気が印象として残る。少し歌をみてみよう。

輝きは充ちてはかなき午後の空つねに陰画（ネガ）とし夏を過ぎつつ
午後の日はいまだ木立に沈まねば蟬は無数の単音に鳴く
われを証す一ひらの紙心臓の近くに秘めて群衆のひとり
見しために失ひしもの雪の夜の深き眠りに癒やされむとか
冷えて厚き雪の夜の闇灯のごときものを守りて妻は眠れり
垣間見しゆゑ忘れえぬ夕映えのしたたる朱は遠空のもの

母は死をわれは異なる死をおもひやさしき花の素描を仰ぐ
黎明といふ硬質の時のひだ眠り足らざる心とまどふ
蛾に生まれ蛾に死にてゆく金色の翅はときのまゆらめくとなし
翳り濃き木かげをあふれ死のごとく流るる水のごとくありし若さか

これらの歌の中で一首目の「陰画とし」、二首目の「単音に鳴く」三首目の「群衆のひとり」というような捉え方は、感性に流された作り方ではなく、心の底に何か「しんとした」あるいは「クール」な醒めた目を感じさせる。

十首目の「翳り濃き木かげをあふれ死のごとく」と「流るる水のごとく」という対句が、結句の「ありし若さ」という言葉に、いずれも修飾句としてかかる、という表現も面白いが、それよりも「死のごとく」という直喩表現に、どきりとさせられるのである。

これは、いわゆる若者の歌としては珍しい。誤解を恐れずに言えば茂樹は、早くから、こういう「死」の意識を、ずっと持ちつづけて来たと言える。

この歌集の題名となった「黄金記憶」というのは、戦争末期に岩手県に学童疎開した時の記憶を三十三首の歌として発表したものに一因んでいる。

その中に

ふくらはぎ堅くけだるし音もなく明けくる刻をゆるゝなく恐れき
たれか来てすでに盗めりきりりとトマトのにほひ夜の畑に満つ

こゑ細る学童疎開の児童にてその衰弱は死を控へたり

のような歌がある。作者は戦争が終って帰京したとき、栄養失調のような体調であったと言われるが、その様子が現実感をもって詠われている。

これらの歌からも、すでに「死」と向かい合っていた作者の心情が読み取れるのである。「ふくらはぎ堅くけだるし」というのは栄養失調で骨と皮とになった痩せた体と心の状態を詠ったものであり子供心に「餓死」という恐怖を持っていたが故に「明けくる刻をゆゑなく恐れき」と表現されている。

なお、この歌集は音楽好きだった作者を反映して「エチュード」「プレリュード」「ノクターン」「ブルース」「スキャット」「アダージオ」「カデンツ」などの音楽用語が項目名として使われている。

また長女綾子への愛情表現もひときわだったようで、こんな歌がある。

みどりごは無心にねむる重たさに空の涯なる夕映えを受く

父も母もいまだなじまぬ地に生れて知恵づきゆくか季節季節を

露に満ち甘きにほひをたつるさへ果実はゆかしみどりごの眼に

三首目の歌は、この歌集の巻末におかれた歌で、子煩悩であった作者の歌として、またいとほしい子の歌として妥当な置き方であると言えよう。みどりご（長女綾子）の眼を「露に満ち甘きにほひをたつる果実」と比喩表現で情趣ふかく詠われているのも並並ならぬ父の愛を感じさせる。

掲出した歌が第二歌集に収められている関係から、この歌集から文筆を書きはじめたが、順序としては第一歌集『羊雲離散』から始めるべきだったかも知れない。
この第一歌集は、あの有名な

あの夏の数かぎりなきそしてまたたった一つの表情をせよ

という歌に代表されるように「相聞」が一篇をつらぬく主題と言ってよい。

五線紙にのりさうだなと聞いてゐる遠い電話に弾むきみの声
あたらしきページをめくる思ひしてこの日のきみの表情に対す
くちづけを離せば清き頬のあたり零るるものあり油のごとく
青林檎かなしみ割ればにほひとなり暗き屋根まで一刻に充つ
さぐり合ふ愛はいつより夜汽車にて暁はやき町過ぎにつつ
強ひて抱けばわが背を撲ちて弾みたる拳をもてり燃え来る美し
わが眉に頬を埋めしひとあれば春は木に濃き峠のごとし
汝が敏き肌に染みつつ日は没りて乏しき視野をにじり寄る波
路に濃き木立の影にむせびつつきみを追へば結婚飛翔にか似む

この「結婚飛翔」にはナプシャル・フライトというルビが附られているが、これは昆虫の雌雄が相手を求めて飛ぶことを指している。

エプロンを結ぶうしろ手おのれ縛すよろこびの背をわれに見しむる

拒みしにあらずはかなく伸べ来たるかひなに遠く触れえざるのみ

いちにんのため閉ざさずおくドアの内ことごとく灯しわれを待てるを

茂樹と妻・雅子は東京教育大学附属中学校に在学中の同級生ということだが、年譜によると、それぞれ他の人との結婚、離婚を経て、十五歳の時の初恋の相手と十五年ぶりに結婚にこぎつけたということである。そういう愛の波乱が、作られた歌にも反映していると思うが、どの頃の歌が、どうなのかは私には分らない。ただ「愛」というものが一筋縄ではゆかない代物であることを、これらの作品は陰影ふかく示している。

巻末の歌は「その指を恋ふ」と題されて

われに来てまさぐりし指かなしみを遣らへるごときその指を恋ふ

かかる深き空より来たる冬日ざし得がたきひとよかちえし今も

風変はる午後の砂浜うたたねのかがやく耳に光はそそぐ

根元近くみどりを残す浜草の乱れを敷きてねむりてあれよ

と詠われている。エロスあふれる情感が快い。

あの夏の数かぎりなくそしてまたたった一つの表情をせよ

の歌は、終りから二つ目の項目の「顔」という十二首の一連の中にある。

この辺りの歌は雅子との愛を確定したときの歌と断定できるだろう。

紆余曲折のあった愛の道程をふりかえって、晴れ晴れとした口調で愛の勝利宣言がなされているように、私には見える。

昨年のことだが未亡人の小野雅子歌集『青陽』が出版され、その鑑賞文「悲傷－メビウスの環」を、私は書いた。

これも一つの思い出となったが今回の文章を書くに当っては久我田鶴子が茂樹のことを書いた評論集『雲の製法』や小中英之その他の文章には敢えて目をつぶって、私なりの感想をまとめた。

国文社刊『小野茂樹歌集』（現代歌人文庫⑪）には、この二冊の歌集が収録されているのでぜひお読み頂きたい。

はじめに書いた小中英之の『黄金記憶』頌－小野茂樹論へのノート－という文章も載っている。

小野雅子第四歌集『白梅』が二〇一三年出版され、その本の紹介を拙ブログに載せた。アクセスされたい。

先年、第五歌集『昭和』を出版したが、東京で「読む会」を開いていただき二十数人の方がおいで下さった。その中に、小野雅子さんもおいでいただいて批評を賜った。久しぶりにお会いして挨拶したが、お元気そうで何よりだった。

ここに記して、改めて御礼申し上げる。

これらの関連として左記の記事を再録しておく。

小野雅子歌集『青陽』鑑賞　木村草弥

――新・読書ノート――

――「地中海」誌　一九九七年十月号　掲載――

悲傷――メビウスの環　木村草弥

久我田鶴子の『雲の製法』を先日読んだばかりの感慨のさめぬうちに、この歌集にめぐりあうことになった。

いまは亡き小野茂樹の、余りにも有名な

あの夏の数かぎりなきそしてまたたった一つの表情をせよ

と詠われた、その人の歌集である。

久我はその本の中で山川方夫の作品の特質についての川本三郎の言葉を紹介して、「耐える」という静かな受容の態度の「スティル・ライフ」（静物画）のような、と表現している。

この亡夫君の特徴をとらえた評は、そのままそっくり、この『青陽』という歌集一巻を通底するものとして把握できるのではなかろうか。

巻頭の歌は

家の中を風とほりゆき初夏の朝の光はみどりに染まる

これは叙景という具象を通過することによって抒情したものと言うべきである。それは、おのずから亡夫君の逝った五月に通うであろう。

夕茜いろ褪せゆけば三日月は淡き白より金色となる

明けそむる窓の幅よりなほ長き雁の棹ひがしを指して消えゆく

などの歌にも同じことは言える。しっかりとした叙景に支えられた心象詠というべきものである。こういう観察の精細さ、確かさによって、歌はいずれも確固とした存在感のあるものとなっている。観念だけの、うわ滑りの歌ではない、安心して読める作品がつづく。

「季節」を詠って、それが亡夫君への思慕へと傾斜してゆく作品を拾うと

花の季を過ぎたる枝を仰ぎ見る還りては来ぬ花、時、人よ

灯のゆくへ問はずにおかむ川を往き海の果てゆき空に連なる

夏空は昏れむとしつつひとひらの雲さへあらぬ悲しみのごと

走るがに時は移りてみどり濃し想ひは季に届きがたしも

花冷えの夕出しに行く三通の手紙どれかは過去へ着かぬか

花の木の下に集ひし若き日の人らの中に夫だけがなき

そして、これらの歌を通過して

街灯のひかりの域にしろがねの斜線を引きて夕立のとき
若者のドラマみるよる空蝉のやうなる揚げたそら豆の殻

のような喩の表現の的確な歌に出逢うことが出来る。

一首目の歌の「しろがねの斜線」という比喩は驟雨を描いた安藤広重の版画の景をも想起させる「絵画的な喩」となっている。二首目の歌の比喩は何でもない日常の現代風景を描きながら、そら豆の殻の空蝉のやうなる、と表現して、比喩だけではなく、どこか白けた現代の若者を象徴することに成功している。

また

瞑りゐるわが右側は恋のはなし左にリサイクルの話が聞こゆ
待合室の老女ふたりは日日炊ぐ米の量より会話はじめつ

のような「聞くともなしに聞いている」日常の景をトリミングして、文芸表現の域に高めた作品がある。しかも前者からは「環境」問題を、後者からは老齢者あるいは独居老人のことなどを考えさせる。現代に生きる問題意識をも提起しているというべきだろう。

他人の掌の湿りとどむる吊革の白き握りにすがるほかなし

なども、現代の日本の「クリーン志向」を詠っているとみることも出来ようか。

歌を詠むほどに、亡夫君がある顕ち出でて仕方がないという風情の歌がつづく。


ペーパーナイフに弾みをつけて紙を切るかく切り捨てて生きたきがあり

とほき日に夫の言ひたるそのままにわが癖を娘が指摘し嗤ふ
伝へらるるは死にゆける者伝ふるは生きてゐる者いつの世にても
曲り多き道ゆきたればわが想ひ研がれて淡きものとなりたる
いとほしき人は逝きても涙する朝夕あればわれは生きゆく
口紅のケースを握りしめて描く元旦のわが唇の弧を

これらの歌は、時をへだてても、なお、生々しく起こって来る「悲傷」というべきものである。

その極限にあるのが

闇にゐてスイッチの位置をさがしゐるこの指先をいのちと言はむ
闇の中に力をこめて手を開くかく生きそしてにんげんは死ぬ

のような歌である。ここには「孤り」の人間の姿が詠われている。それは「情念」とも言えようし、また反対に「諦念」とも言い得ようか。

巻末の一首は

人間に生れしことの幸ひに思ひ至れば濃き濃きみどり

これは「人間」というよりは「茂樹」の愛に包まれて一人の「女」として生きてきた「幸ひ」に「思ひ至った」のであろう。そして「濃き濃きみどり」という若葉の五月に想いは巡って、それはメビウスの環のように、亡夫君の若葉の下の死につながってゆく。

先に述べたことが「悲傷」というのは、そういう意味において作者の想いを的確に要約出来ると思う所以である。

歌集の「帯」で発行人及川隆彦氏は「髪」かんむりに「春」つくりという難しい字を使って「髪がなびく」の意味に訓ませたいらしい。この字はＪＩＳ第二水準のリストにもないのだが、白川静の「字通」を繙いてみると、この字は、抜け毛、髪が乱れる、の意味とある。この字は「帯」という字をつけて熟語にすると「かみかざり」の意味になると書かれている。

夫君を亡くして何年たっても「悲傷」の日々はつづき若葉の五月が巡って来るが、春の「かみかざり」を飾ってユーカリの木の下に佇む作者の姿が、まざまざと見えるようである。

そういう思いのする一巻であった。（完）

この記事は、ただいま私の手元になくて、ＰＣにも保存していなかったので、小野雅子さんにお願いしてコピーを送っていただいた。

いま読み返してみても、われながら、いい記事である。

「悲傷――メビウスの環」という題名が何とも的確である。

このようにＰＣの「my document」に保存したので、いつでも取り出せる。

――巡礼の旅――（11）――

ポン＝タヴァン「トレマロ礼拝堂」

木村草弥

フランス北西部、ブルターニュ地方の小さな村ポン＝タヴァン。

村はずれの山道を上りつめると、この地方独特のどっしりとした石造りの礼拝堂が見えてくる。

森の中でひっそりと佇む礼拝堂の中に、その「黄色いキリスト磔刑」像がある。

ポール・ゴーギャンが、辺境の地ブルターニュを初めて訪れたのは一八八六年。

産業革命で近代化著しい大都会パリに疲れた多くの芸術家たちは、対極的なものを求めてブルターニュにやってきた。

そこには昔ながらの田舎の風景があり、フランス人の起源―ケルトの文化が息づいていたのである。

女性は黒いスカートに「コワフ」という髪飾りをつけており、その姿は、いくつかゴーギャンの作品の中で見ることが出来る。

もともと株の仲買人をしていた彼は、印象派の影響を受けて画家への道に踏み出したのだが、彼の作品が三度にわたるブルターニュ滞在で徐々に印象派から脱してゆく。

そして太い輪郭線で区切った中に平坦な色合いで構成する独特の様式を確立してゆくことになる。

カトリック信仰が色濃く残るブルターニュで、ゴーギャンがキリストの受難や聖書の物語、そして「黄色いキリスト」を題材に描いたのも自然な選択だった。

「黄色いキリストと居る自画像」である。

ブルターニュ滞在を含む四年間で、ゴーギャンはさまざまな画家と交流し、パナマへも旅をし、やがて未開の地への憧れを抱くようになる。

ここに引いた「黄色いキリストと居る自画像」はオルセー美術館所蔵のもので、一八九一年、終焉の地となるタヒチに旅立つ数か月前の作品である。

ここは今でも画家の村として有名なところ。

「水洟《みずばな》や鼻の先だけ暮れ残る」デビュー作が『鼻』であったことを思い出してくれたまえ

木村草弥

昭和二年七月二四日午後一時すぎ、芥川龍之介は伯母の枕元に来て、明日の朝下島さんに渡して下さいと言って、この句〈水洟や鼻の先だけ暮れ残る〉を書いた短冊を渡した、という。彼の辞世の句である。
短冊には「自嘲」と前書きしてあったことから、芥川の文業の終末を象徴せしめる凄絶な辞世の句となって了った。

この歌は私の第三歌集『樹々の記憶』（短歌新聞社刊）にコラージュ風の作品「辞世②」に載せたものである。この歌は「口語、自由律、現代かなづかい」を採っている。

彼の生涯は一八九二年から一九二七年の三五年間であった。
芥川龍之介は東京市京橋区入船町で出生、辰年辰月辰日辰の刻に生まれたというので「龍之介」と命名されたという。東大在学中に同人雑誌「新思潮」に大正五年に発表した『鼻』を漱石が激賞し、文壇で活躍するようになる。王朝もの、近世初期のキリシタン文学、江戸時代の人物、事件、明治の文明開化期など、さまざまな時代の歴史的文献に題材を採り、スタイルや文体を使い分けた、たくさんの短編小説を書いた。

体力の衰えと「ぼんやりした不安」から自殺。その死は大正時代文学の終焉と重なると言える。

彼の死の八年後、親友で文芸春秋社主の菊地寛が、新人文学賞「芥川賞」を設けた。

芥川は、晩年『文芸的、余りに文芸的』という評論で「新思潮」の先輩・谷崎潤一郎と対決し「物語の面白さ」を主張する谷崎に対して、「物語の面白さ」が小説の質を決めないと反論し、これがずっと後の戦後の物語批判的な文壇のメインストリームを予想させる、と言われている。

芥川は「長編」が書けなかった、などと言われるが、それは結果論であって、短編小説作家として、「賞」と相まって新しい新進作家を誕生させる記念碑的な存在である。

彼は俳号を「我鬼」と称し、多くの俳句を残している。

人去ってむなしき菊や白き咲く

これは夏目漱石死後一周忌の追慕の句。同じ頃、池崎忠孝あての書簡には

たそがるる菊の白さや遠き人
見かえるや麓の村は菊日和

の句が見られるが、これも漱石追慕の句。以下、すこし龍之介の句を引く。

稲妻にあやかし舟の帆や見えし

「あやかし」は海に現れる妖怪をいう。謡曲「船弁慶」や西鶴の「武家義理物語」に登場する。俳句

にも、こういう昔の物語に因むものが詠まれるのも芥川らしい。

青蛙おのれもペンキぬりたてか

大正八年三月の「ホトトギス」雑詠のもの。友人がルナール『博物誌』に「とかげ、ペンキ塗りたてにご用心」があると指摘したら即座に、だから「おのれも」としてあると答えたという。

掲出の句〈水洟や鼻の先だけ暮れ残る〉は『澄江堂句集』所載。そのイキサツは先に書いた。

唐棕櫚の下葉にのれる雀かな

大正一五年七月の「ホトトギス」に芥川は「発句私見」を書き、「季題」について「発句は必ずしも季題を要しない」としている。こうした論は芭蕉の「発句も四季のみならず、恋、旅、離別等無季の句有たきものなり」に影響されたものと言えよう。

先に掲げた『侏儒の言葉』の中には

人生はマッチに似てゐる。重大に扱ふには莫迦々々しい。重大に扱はなければ危険である。

という「箴言」が載っている。これは芥川らしい「箴言」で、正と負の両方に一本のマッチを擦ってみせている。彼の説明によれば「論理の核としての思想のきらめく稜線だけを取り出してみせる」という技法に傾倒していた。

ということは、芥川にはもともと箴言的なるものがあり、この箴言の振動力を、どのように小説的技法となじませるかを工夫し続けてきたのだった。こうした箴言だけをアフォリズムとして書き連ねたのが、この本だと言える。

私の掲出の歌で「デビュー作」としているのは正確ではない。処女作は、この三年前に「新思潮」に出ているが、有名になったのは、この『鼻』であるので、ご了承願いたい。

今日七月二四日が芥川の「忌日」であるので、日付にこだわって載せた。

「人魂で行く気散じや夏の原」わしも老いこんで
妻も弟子も去りよった、わしゃ人魂で飛ぶぞ　　木村草弥

葛飾北斎は晩年には妻も弟子も去ってしまい、悲惨な最期を遂げた、と言われている。掲出した歌の「」内は、北斎の辞世の句と言われているもの。

その句を取りこんで私は第三歌集『樹々の記憶』（短歌新聞社刊）の中で「辞世②」でコラージュの作品として発表した。夏の風物詩、お化け屋敷ではないが、「怪談もどき」でいいではないか。

作品としては富嶽三十六景図のなかの「神奈川沖波裏」や「凱風快晴」などが、一般によく知られる傑作とされる。これらの作品は誰の目にも違和感なく受け入れられるものである。

しかし、北斎の活躍は多岐にわたっており、「大首絵」のように芸者や吉原の遊女を描いたものも多く、北斎の真骨頂は美人画にあり、と断言する人もいる。これらの他に北斎には、いわゆる「春画」の傑作も数多い。

私のコレクションにも春画の傑作の複製画や、「万福和合神」という春画の絵読本なども先にアップしたので、ご覧いただいた人もあろうか。

よく知られているように喜多川歌麿の美人画や大首絵、春画などは輪郭の線の美しさが特徴である。

これに比較して、北斎の春画の特徴は輪郭の線も太く、繊細さには欠けるが、代りに一種のおどろお

どろしさ、が漂っている。

葛飾北斎は宝暦十年（一七六〇年）から嘉永二年（一八四九年）を生きた人だが、いわゆる幕末で、もうすぐ明治という直前の時代である。明治元年は一八六八年である。

一番はじめに書いたように北斎の晩年は妻にも弟子にも去られて悲惨なものであったらしい。

そういう事実を知ればこそ、この北斎の辞世の句と言われるものも、一層真に迫ってくるし、さればこそ私は、その北斎の境遇に思い至って、こんなコラージュの作品に仕立てたのである。一番はじめの写真の絵も辞世の句にふさわしい、と思うものである。

大首絵には「風流無くてなくくせ遠眼鏡」という詞書がついており、何を覗いているのか美人芸者が遠眼鏡（望遠鏡）を覗いている図が描かれている。あるいは他所の部屋で繰り広げられている痴態を覗き見しているのかも知れない。広重や北斎の絵は西洋画に大きな影響を与えた、とされる。

いずれにしても北斎八九年の生涯は、まさに波乱万丈の一生だったようだ。その頃の年齢としては長寿の部類に入るだろう。

彼については「画狂人—葛飾北斎の生涯」という記事を載せたので、ご覧いただきたい。

近年、北斎に関しては研究が進んでおり、長野県に残る絵も良く研究されている。

先年二〇一七年初冬に大阪はアベノハルカス美術館で開催された「北斎展」の際に買い求めた本『北斎と応為』について書いた私のブログも参照されたい。

晩年の北斎の絵には、娘の応為の手が多分に入っていると言われている。

――巡礼の旅――（14）――

ランス「フジタ礼拝堂」Chapelle Foujita à Reims

木村草弥

この礼拝堂については田中久美子さんが書いた「フジタ礼拝堂」というページがあるので、先ず、それを読んでもらいたい。

シャンパンの財が育んだランスのアートスポット
フジタ礼拝堂
――平和を望んだ藤田嗣治晩年の傑作――

一九一三年、二七歳の時に画家になることを夢見てフランスにやってきた藤田嗣治（Tsuguharu Fujita／Léonard Foujita）は、エコール・ド・パリのひとり としてパリのモンパルナス（Montparnasse）で大輪の花を咲かせます。

フジタは二度の大戦の後の一九五九年、ランスの大聖堂で君代夫人とともに洗礼を受けました。

そのときの代父はシャンパン・メーカー、マムの社長であるルネ・ラルー（René Lalou）。

そしてフジタは、マムの敷地内に平和の聖母に捧げる礼拝堂を作ることを思い立ったのです。

一九六六年初夏、八〇歳の画家は礼拝堂内部のフレスコ画に着手しました。

フレスコ画は漆喰を塗った壁が乾ききらないうちに素早く描かなければならないため、失敗が許されません。大変な集中力を必要としますが、フジタは毎日十二時間、壁と向かい合い、全部で二〇〇平方メートルにもおよぶ空間をわずか九〇日間で仕上げました。

こうして秋に完成した礼拝堂は、ランス市に寄贈されることになりました。

正面の壁画はキリストを抱いた聖母が描かれ、その右側のサインの部分に君代夫人が描かれています。

君代夫人は二〇〇九年四月に逝去され、最愛の夫が眠る礼拝堂右側、《最後の晩餐》の絵の下に葬られました。

入り口上のキリスト磔刑図の右側には、ひざまずくラルーとフジタの自画像が描かれています。

メガネの人が藤田。その左がマム社の社長ルネ・ラルー。

ステンドグラスがある出窓の部分の壁には、この土地にふさわしくシャンパンの樽に腰掛ける聖母とキリスト、その向こうにはぶどう畑や大聖堂が見えます。

聖母を樽の上に腰掛けさせるという斬新な図像を描くにあたって、フジタは法王に許可を取ったと伝えられています。

ステンドグラスはフジタの下絵を、ランスの名匠シャルル・マルク（Charles Marq）の手によって仕上げられました。

その主題は、洗礼を受けたフジタの想いを表すかのように、「天地創造」や「アダムとイヴ」、「ノアの箱船」など『旧約聖書』からとられました。

また聖具室の扉にも注目してください。

十六枚の小さな絵がありますが、イタリア・ルネサンスのボッティチェリ（Sandro Botticelli）、ドイツ・ルネサンスのクラナハ（Lucas Cranach）やデューラー（Albrecht Dürer）など、美術史を飾る巨匠にフジタが捧げたオマージュになっています。

このように礼拝堂には、見るべきたくさんのディテールがありますが、礼拝堂奥の左右にあるステンドグラスは、故国日本に対するフジタのまなざしを感じ取ることができる作品です。テーマは広島――。ヨーロッパとアジアで大戦を経験したフジタは、戦争の悲惨さを身にしみて痛感していたのでしょう。

この礼拝堂を平和の聖母に捧げたのも、穏やかな世界を希求してのことです。小さい空間のなかには、画家の強いメッセージがあふれています。

田中久美子（Kumiko Tanaka／文）

こういう壁画の絵の中に作者やパトロンなどを描き込むのは画家の特権であって、古来いくつかの作例がある。藤田は、それに倣ったのである。

田中さんも書いているように、シャンパン・メーカーとして功なったマム社の社長もパトロンとして金を出した代りに、絵の中に顔を永遠に残すことになった。

少し文章を付け加えておきたい。

このフレスコ画制作中から藤田は下腹部痛を訴えていたが、「冷え」によるものと見られていたが、絵の完成後、病院で診察の結果「膀胱がん」が見つかる。

あちこち手を尽くしたが治療の見込みのつかないほど進行していて、パリの病院を転々としたあと、スイスのチューリッヒ州立病院に転院した。チューリッヒ湖のほとりにある病院は静かで、窓辺にはよくカモメがやってきた。激しい痛みの伴う治療の中、カモメに餌を与えるときだけ心をなごませた。

一九六八年一月二九日、凍てつくような寒さが続く日に、藤田は八十一歳の生涯を閉じた。

遺体はフランスへ運ばれ、かつて洗礼をうけたランスの大聖堂で葬儀が行われ、藤田が絵を描いたランスの「礼拝堂」に安置された後、終の棲家となったヴィリエ・ル・バルクに葬られたが、今では礼拝堂の《最後の晩餐》の絵の下に夫婦ともに眠っている。

二か月後、日本政府は藤田の功績を称え、勲一等瑞宝章を授与する決定を下した。

フランスはカトリック信仰の強い国で、文化人なども若い頃にはカトリシスムに反抗したりしていても、死ぬときには、カトリックに和解を求めて死ぬという。

藤田も晩年には夫婦でカトリックの洗礼を受けて、聖母マリアに抱かれて安息に入ったということである。

田中さんの言うように、シャンパンで儲けた財力によって、このチャペルが成ったことは喜ばしいことである。

志野暁子歌集『つき　みつる』鑑賞　木村草弥

——角川書店二〇一八・七・二五刊——

同人誌「晶」で作品を拝見している志野暁子さんの二三年ぶりの本が恵贈されてきた。
先ず、志野暁子の略歴を本書から引いておく。

一九二九年　新潟県に生まれる
一九七五年　作歌を始める。「人」短歌会に入会、岡野弘彦先生の指導を受ける
一九八一年　「花実」五〇首により第二七回角川短歌賞受賞
一九九五年　歌集『花のとびら』上梓
一九九六年　「人」短歌会解散により季刊同人誌「晶」に参加、現在に至る
二〇一二年　「しろがね歌会」に入会
本名　藤田昭子

この本には別冊子として、志野暁子の短歌による合唱組曲「九月の花びら」より「サフラン」「九月の花びら」「蕊」の三曲の楽譜が添えられている。
因みに、その原歌は下記の通り。　　作曲者・筒井雅子

薄き翅畳むにも似てサフランの花閉ぢしのちながきゆふぐれ
秋の日のなぜにみじかき　サフランは地にわき出でて葉を待たず咲く
かごめかごめ唄ふ幼き輪の中に瞑りて一本の蕊となりゆく

この本の刊行に合わせて、師・岡野弘彦による「帯」の歌

おのづから胸に涙のあふれくる　シューマンの曲　聞きて眠らむ
今半の牛のそぼろは　ほろほろと膝にこぼれて　かなしきものを

が贈られている。何とも微笑ましい師弟愛である。

「つき　みつる」という題名が何とも言えない趣があるが、歌集の中を仔細に読んでみても、そのままのフレーズの歌は無い。

岡野弘彦は折口信夫—釈迢空の弟子で、歌の表記について独特の主張を持っていた。歌の中に句読点を付けるとか、一字空けとかである。

そんな弟子らしく、この歌集でも「一字空け」が多用される。題名の「つき　みつる」から、そうである。

この本の「あとがき」に中で、こう書かれている。

〈　世に言う〈老老介護〉十年間の作品を主に、四五二首をまとめました。
……少しでも楽なように、喜んで貰えるようにとささやかな努力を重ねてきたという点で、介護の

歌も相聞に通じるところがあるのかもしれません。

……夫の余命と示された時間はとうに過ぎました。この世の残り時間、かけがいのない時間を二人で大切に生きたいと思っております。〉

何とも羨ましい、お二人の関係である。

巻末の辺りの歌には介護施設に入られたとおぼしいものもあるが、多くは自宅で介護されているようである。

以下、本の順序に沿って歌を見て行きたい。

　ひと日生きて残り世ひと日費（つひ）えたり　今日初蝉を夫はよろこぶ
　余命といふこの世の時間――夫と歩む　小鳥来るさへよろこびとして
〈おーい〉呼べばおりてきさうな春の雲　介護タクシー夫と待ちをり

この本の巻頭に載る歌である。

これらの歌は「老老介護」の時間の中でも初期の頃の歌かと思われるが、著者の「夫（つま）恋い」の歌とも思われて微笑ましい。

それらの歌に続いて、巻頭近くに、歌曲にもなった歌の一連がある。下記に引いておく。

　さくら貝は九月の花びら　あかときの渚をわれは素足に歩く
　薄き翅畳むにも似てサフランの花閉ぢしのちながきゆふぐれ
　秋の日のなぜに短き　サフランは地にわき出でて葉を待たず咲く

作者の故郷は新潟県の、佐渡であるらしい。

〈佐度ノ嶋生ミキ〉古事記に誌さるる島山あをきわれのふるさと

朱鷺の棲むあたりと指され目を凝らす日照雨降る刈田かすめり

雪国生まれの夫と見てをり舞ひながら土に届かず消ゆる淡雪

夫も雪国生まれらしい。故郷を同じくするということは話題性も合って、いいことなのだ。

この本は老老介護の歌ばかりではない。「孫」を詠んだと思われる、こんな歌もある。

一年生百五十人が遠足の列をゆき麒麟がじつと見おろしてをり

宿題の片仮名書きつつ好きなのは体育、図工、給食よと言ふ

一年生八十メートル走のゴール前わが子わが子とカメラが並ぶ

いつ頃の歌であろうか。奈良、京都、ハワイ真珠湾などの歌が見られるが省かせてもらう。

介護の歌にも「二年目」とかの文字が見えて「経年経過」である。

母ひとりとり残されしふるさとよ　ふりむけば暗く海ふぶきゐる

など「母」を詠んだ一連もある。

ギニョールのごとく病み臥して耳さとく聴きをりつばくろ帰りたるこゑ

朝空に郭公鳴けり病むわれに吉事を運ぶこゑと思へり

落ちこんでゐる隙はないといふこゑす　この世は花がもう散つてゐる

介護する作者も病気になったのである。さぞや、やきもきされただろうとお察しする。

われに昭　弟に和と名付けたる父よ　昭和も弟も逝きぬ

葉に透きて殻脱ぎてあり脱ぎて羽を得しもののこゑ木立より降る

眠られぬわがため子守歌くちずさむ窓に夜明けのひかり来てをり

〈また来ます〉〈またとはいつか〉問ひかへす夫の眼差し抱きて帰る

麻痺やがて嚥下に及ぶを言ふ医師のしづかなる声背をたてて聞く

九十五年の生涯に他に語らざるインパール戦線の三年があり

〈また明日ね〉うなづかせて夜を帰りきぬ　夫よかけがへのなき時が過ぎゆく

鑑賞も、そろそろ終わりたい。
挽歌を詠う前に、歌集を纏められた労を多としたい。
癌を病む妻と最後の年月を伴走した私には、よく分るのである。
大変だと思うが、あと、しばらく頑張っていただきたい。
ご恵贈ありがとうございました。

——書評——

松林尚志『一茶を読む　やけ土の浄土』　木村草弥

——鳥影社二〇一八・七・二四刊——

敬愛する松林氏から標記の本のご恵贈をいただいた。
松林氏の略歴を本書から引いておく。
一九三〇年　長野県生まれ。慶應義塾大学経済学部卒業。
現代俳句協会、現代詩人会　各会員。
俳誌「木魂」代表、「海程」同人。
著書
句集『方舟』一九六六年　暖流発行所　他
詩集『木魂集』一九八三年　書肆季節社　他
評論『古典と正統　伝統詩論の解明』一九六四年　星書房
『日本の韻律　五音と七音の詩学』一九九六年　花神社
『子規の俳句・虚子の俳句』二〇〇二年　花神社
『現代秀句　昭和二十年代以降の精鋭たち』二〇〇五年　沖積舎

『斎藤茂吉論　歌にたどる巨大な抒情的自我』　二〇〇六年　北宋社
『芭蕉から蕪村へ』　二〇〇七年　角川学芸出版
『桃青から芭蕉へ　詩人の誕生』　二〇一三年　鳥影社
『和歌と王朝』　二〇一五年　鳥影社　他

私が松林氏を知るきっかけになったのは『日本の韻律　五音と七音の詩学』の本を読んで「新短歌」誌に小文を書いたことによる。

私の文章を今ここに引くことが出来ないのだが、以後、御著を恵贈されたりして今に至っている。

この本は主宰される俳誌「こだま」に連載されたのを一冊にまとめられたのである。

金子兜太の本『荒凡夫　一茶』『小林一茶』『一茶句集』などの労作があるが、略歴にも書かれているように兜太主宰「海程」にも籍を置かれていたようである。

その兜太も亡くなって、手元にある文章を世に出す気持になられたようである。

私は、この本の題名である「やけ土の浄土」という言葉に注目した。

本を読み進めるうちに巻末の近いところの「十三、晩年の一茶」を読んで納得した。

「柏原焼亡夢」という文字が日記に登場し、現実に、文政十年（一八二七年）六月に柏原は大火で焼尽、一茶の家も類焼、焼け残りの土蔵で暮らす始末となる。

その年の十一月十九日、その土蔵で死去。

その頃、一茶は

おろかなる身こそなかなかうれしけれ弥陀の誓ひにあふとおもえば　良寛

と詠まれる境地に達していたのであろうか。

その頃の句に

土蔵住居して

やけ土のほかりほかりや蚤さはぐ

というのがあり、この句から題名の「やけ土」というフレーズが思い付かれたようである。

この本の「帯」文に

終始芭蕉を意識しつつ

独自な境地を切り開いた一茶、

その歩みを作品を通して辿る。

とある。

そして「あとがき」には

私の文章は広い視野からの一茶俳句鑑賞ではなくて、

俳句を通じて俳人一茶の歩みを追い、

その人間像に迫るという形のものになった。

と書かれている。一読して、読みやすい本である。

ご恵贈に感謝して、ご紹介の一端とするものである。有難うございました。（完）

――書評――

武藤ゆかり詩集『夢の庭』　木村草弥

――南天工房二〇一八・七・七刊――


武藤ゆかりさんから標記の詩集が届いた。何冊目かの詩集である。

この頃は本の出版費用も高くなった。南天工房というのは武藤さんの自前の出版社である。発行所も自宅の住所である。

印刷所は加藤治郎らがやっている「ブイツーソリューション」である。

パソコンで編集した原稿を送れば、安価で印刷してくれる。私も何度か検討したことがある。

武藤さんは若い頃、地方紙の新聞記者をやっておられた。

写真もプロの域である。歌集も何冊も出されていて、短歌結社「短歌人」の所属である。

武藤さんのことは歌集、詩集を頂いた際に何度も、このブログで採り上げたので参照されたい。

武藤さんは、私の第五歌集『昭和』の「読む会」を三井修氏のお世話で東京で開いてもらったときに、
長い精細な批評文を書いていただいた。

それは三井修編集の「りーふ」六号に収録されていて、次のリンクで読むことが出来るので、→「魂は痛みを越えて」ご覧いただきたい。

いよいよ、この詩集に触れたい。

「あとがき」によると、この本は八〇編の作品が収録されているが、ここ数年間に書かれたものだという。

とにかく武藤さんは多作である。歌なんかも数が多い。それだけ発想が次々と湧いてくるのだろう。

夢の庭　　武藤ゆかり

チューリップの球根を植えたいと
私はいつも思っている
春になったら
まだ冷たい空気を押して
色鮮やかな花を開いて
私と母に見せてほしい
来年もその次の年も
球根はひっそりと太り続ける
季節が巡るたびに
山里の小さな庭は華やぐ

ひまわりの種を蒔きたいと
私はいつも思っている
夏になったら
照り付ける太陽のもとで
顔のような花を開いて
私と母に見せてほしい
来年もその次の年も
種は限りなく増え続ける
季節が巡るたびに
山里の小さな庭は喜ぶ

私は毎年
同じことを思うのだが
庭の土を掘るスコップでさえ
私は持っていない
私と母の夢の庭に
年ごとに花はあふれ

幻の種がこぼれる

「夢の庭」と題されるように、これは武藤さんの頭の中にある「庭」である。

それを全くの空想であるとは言えない。

武藤さんが育った家に庭があって、かつては、そこにチューリップや向日葵が咲いていたのだろう。

今は嫁いで、そんな庭のない日常かも知れないので、頭の中にある「庭」であるという所以である。

短い詩だが、詩の作詩の原則が、きちんと踏まれている。

作詩する場合に「リフレイン」という効果がある。

この詩でも、「私はいつも思っている」「私と母に見せてほしい」「季節が巡るたびに」などの詩句のリフレインが効果的である。

また「山里の小さな庭は華やぐ」「山里の小さな庭は喜ぶ」などの「結句」を取り換えるだけの技法もリフレインの一種であり、武藤さんが優れた詩人であることを表している。

この短い詩から、この本の題名を採られたというところに、武藤さんの自負が表れていると思うのである。

捨てた日記　　武藤ゆかり

日記を書いていたことがある

手元にはもう残っていない
残らないもののために
時間を使い頭を使った
時には英語の日記をしたため
私にとって特別な記憶を
いつまでも残そうとした
何もかも捨ててしまうことが
本当にいいことなのか
地震が起こったり
汚染水が漏れたり
火山が噴火したりする国ではあるが
原油が漂ったりする海ではある
持っていても仕方ないと
捨ててしまった過去だけが
私にとって真実な気がする

この詩は巻頭近くの第一部のはじめの方に載る作品だが、心に残る。

また「時には英語の日記をしたため」という詩句があるが、以前に見た経歴によると、武藤さんは東京外国語大学を出られたらしい。

だから外国語には堪能なのであろう。また別の詩には「フィリップさんは遠くへ行った」というのがあり、「ずっと以前仕事でパリに行った時　フィリップさんは奥さんのマリアさんと　わざわざホテルまで訪ねてきてくれた……」などの描写がある。

新聞記者などの広い交友を思わせて納得するのであった。

第一部、第二部、第三部　という章分けが、どういう根拠に基づくのか分からない。単なる作詩の年代によるものなのかとも思う。

雷の人　　武藤ゆかり

今年初めての本格的な雷だ
赤い高圧線の彼方に
幾つも幾つも落ちた
亡くなった人は
時に稲妻となって
合図を送ってくるのだ

お久しぶり
また会えたね
激しい光が夜空を切り裂く
あの人もこの人も
駆け足で逝ってしまった
街はいよいよ暗くなった
かつて地上に住んでいた人々が
雨雲の中に潜んでいる

窒息

武藤ゆかり

人材って材料のことですか
活用って物品のことですか
輝くって本当ですか
生涯現役って墓場までですか
自己実現って何ですか
自己責任って何ですか
私はどこにいるべきか

誰かが決めてくれるんですか
違う考えは駄目ですか
醸されていく空気の中で
窒息したら負けですか

今どき「働き方改革」などということが言われ、自己責任が強調される世の中である。そのような風潮に対する武藤さんなりの「警句」であろう。次のページの詩の題が「警告」とあるので、敢えて引いておく。

この本の装丁の「花」の写真も武藤さんのものだろう。豪華な花だが何の花だろう。決めつけたくないので敢えて、これ以上踏み込まない。

長い長い詩もあるが、引用も、この辺りにしたい。

益々お元気のご様子なので、これからも、ご健筆の程お祈りするばかりである。

ご恵贈有難うございました。

（完）

ポーランドを守る「黒い聖母」

――巡礼の旅――（4）

木村草弥

国民の九五％以上がカトリック信者であるポーランド。

前ローマ法王ヨハネ・パウロ二世の出身地でもあり、最大の聖地チェンストホーヴァには国内外から多くの信者が訪れる。

人々の向かう先は、ポーランド語で「光の丘」を意味するヤスナ・グラ修道院である。

ヤスナ・グラ修道院は、ポーランドのチェンストホーヴァにあり、聖母マリアを祀った寺院として有名であり、ポーランド中から巡礼が訪れる。

ヤスナ・グラの聖母と呼ばれるイコンは奇跡的な力を持つとされており、ヤスナ・グラ修道院の最も貴重な宝とされている。

一三八二年、オポーレ公ヴワディスワフ・オポルチクに招かれてハンガリーからやってきたカトリックの司教団が建設した。このあたりでは最も重要とされる聖母マリアのイコンがあるため、数百年にわたって巡礼地となっている。

ヤスナ・グラの聖母は数々の奇跡を起こしてきたとされ、あがめられている。

たとえば十七世紀の大洪水時代にスウェーデンに侵略された際、この修道院が包囲された時にも奇跡的に残ったのは、このイコンが守ったからだとされている。

この一件は軍事的には重要ではなかったが、これによってポーランドの抵抗が盛り上がった。ただしポーランド側は即座に戦局を盛り返したわけではなく、クリミア・ハン国との同盟後にスウェーデン側を撃退することができた。

その直後の一六五六年四月一日、ポーランド王ヤン二世はリヴィウの大聖堂で、神の母の庇護の下に国を捧げることを誓い、彼女を彼の王国の守護者にして女王とすることを宣言した。

イコン「黒い聖母」の名の通りの褐色の肌は、材質のためとも煤によるものだと言われる。

世界にはいくつかの黒い聖母像があるが、ここヤスナ・グラの聖母は、その中でも最も有名なものとされる。伝説によれば、このイコンは聖ルカが糸杉の板に聖母マリアを描いたもの。

ある貴族が大金を払ってこのイコンを購入し、ヤスナ・グラに差し掛かった所で急に重くなり動けなくなったことから、聖母が望む地だとみなされ修道院に安置されたという。

また修道院に侵入したモンゴル軍が運びだそうとした際にも、鉄のように重くなったという。聖母の頰に残る傷は、怒ったモンゴル人が刀で切りつけた跡とも。傷からは二筋の血が流れたとか。

しかし、幾つか奇跡の中でも最も有名なのが、先に書いた十七世紀の大洪水時代にスウェーデンに侵略された際のエピソードと言われている。

それは、一六五五年十一月から一六六六年一月まで、包囲・猛攻を受けながらも持ち堪え、今でも語り草となっている大修道院長の統率によるものだった。

以後、ポーランドは国土の分割の時代には祖国復活、統一の悲願のシンボルとされたのである。

現在、年間五〇〇万人の信者が訪れるが、中でも八月十五日の「聖母被昇天祭」には、写真のように多くの信者が広場を埋める。

修道院への道は巡礼者で埋め尽くされ、自動車も飛行機も使わず、遠いところからは何と二ヶ月かけて歩いてくる信者も居るという。

敬虔な信仰心を目の当たりにすると、大国に翻弄されてきた歴史の中で、聖母という一つの希望を求めて絆を固く強めて、戦いつづけてきたポーランドの人々の、強い心に触れる想いが、しみじみとするのである。

申し添えておくが、ポーランドだけではなく、「カトリック」圏では聖母マリア信仰が盛んなので、どこでも八月十五日は「聖母マリアの日」の祭日で休日になるので、念のため。

書評――木村草弥歌集『嬬恋』（角川書店）「未来」誌二〇〇四年一月号　所載

地球《テラ》はアポリア　秋山律子

『嬬恋』は木村草弥氏の第四歌集にあたる。

その歌集名と響きあうようなスリランカの岩壁画という「シーギリア・レディ」のフレスコ画のカバーが印象的である。

十数年来の念願が叶って実際に見に行かれたそうだが、かすかに剥落しながら浮かび上がっている豊潤な像に女性への、妻への思いが象徴されているのだろう。

『嬬恋』は群馬県北西端の村の名に因んでいるが、それは二度の大患を乗りこえて戻ってきた吾が妻へのそのままの気持ちであると記す。

・妻病めばわれも衰ふる心地して南天の朱を眩しみをりぬ
・羽化したやうにフレアースカートに着替へる妻　春風が柔い
・壺に挿す白梅の枝のにほふ夜西班牙(スペイン)語の辞書を娘に借りにゆく
・嬬恋を下りて行けば吾妻とふ村に遇ひたり　いとしき名なり
・睦みたる昨夜(きぞ)のうつしみ思ひをりあかときの湯を浴めるたまゆら

という風に、妻や娘を詠むときに匂うような視線がある。
そういった家族への濃い思いもこの歌集の特徴だが、一方でもう一つ大きなテーマとして、アジアや中東を旅し、
その土地から発信する幾つかの連作に、旅行詠を越えた力作が並ぶ。
その中の一つ「ダビデの星」というイスラエル、エルサレムを旅した時の散文を含んだ一連は、この歌集のもう一つの要であろう。

・今朝ふいに空の青さに気づきたりルストゥスの枝を頭(づ)に冠るとき

に始まる八十余首の連作は、イエスが十字架を背負って歩いたヴィア・ドロローサの歴史的場所の十四のポイント(ステーション)を辿るのも含めて、そのほとんどを叙事に徹しながら、自らの足を運び、自らの目で視ることとの迫力で一首一首を刻んでゆく。

・主イエス、をとめマリアから生まれしと生誕の地に銀の星形を嵌む
・ほの赭きエルサレム・ストーン幾千年の喪ひし時が凝(こご)りてゐたる
・異教徒われ巡礼の身にあらざるもヴィア・ドロローサ(痛みの道)の埃に塗(まみ)る

・日本のシンドラー杉原千畝顕彰の記念樹いまだ若くて哀し
・「信じられるのは銃の引金だけ」 そんな言葉を信じるな！ 君よ
・〈国家の無化〉言はれしも昔せめぎあひ殺しあふなり 地球(テラ)はアポリア

宗教、民族の紛争地のただ中を歩みながら事実のあるがままの呈示の中に、自分の思念を映し出す。

そして連作の最後に置く一首

・何と明るい祈りのあとの雨の彩、千年後ま昼の樹下に目覚めむ

その他風景を詠ったものなど詩情豊かだ。
・月光は清音(きよね) 輪唱とぎるれば沈黙の谷に罌粟(けし)がほころぶ
・睡蓮は小さき羽音をみごもれり蜂たちの影いくたびよぎる

そして、本歌集の最後に置かれた一首

・水昏れて石蕗(つはぶき)の黄も昏れゆけり誰よりもこの女(ひと)のかたはら

鰯雲人に告ぐべきことならず　加藤楸邨

夏の雲は山際にもくもくと立ち上がる「積乱雲」が特徴であるが、秋に入ってくると、写真のように、小さい雲片が小石のように並び集る「巻積雲」いわゆる「鰯雲」が季節の雲となる。

写真のように、規則的にさざ波のように並んでいることもあるが、はなればなれになっていることもある。

高空に出て、鰯が群れるように見えるので鰯雲、鱗のように見えるので鱗雲、鯖の斑紋のように見えるので鯖雲などと呼ぶ。

『栞草』には「秋天、鰯まづ寄らんとする時、一片の白雲あり。その雲、段々として、波のごとし。これを鰯雲といふ」と書かれていて、鰯雲の特徴を見事に捉えている。

名前に味があり、俳句に愛用される季題のようである。

掲出の楸邨の句は、鰯雲という自然現象の中に「人に告ぐべきことならず」という私的な人事を詠みこんで、見事な主観俳句の秀句とした。

以下、歳時記から鰯雲の句を引く。

鰯雲日和いよいよ定まりぬ　高浜虚子
いわし雲大いなる瀬をさかのぼる　飯田蛇笏

松島の上にひろごり鰯雲　田村木国
鰯雲昼のままなる月夜かな　鈴木花蓑
鰯雲こころの波の末消えて　水原秋桜子
鰯雲個々一切事地上にあり　中村草田男
妻がゐて子がゐて孤独いわし雲　安住敦
鰯雲ひろがりひろがり創痛む　石田波郷
鰯雲予感おほむねあざむかず　軽部烏頭子
葬られてしまひしものに鰯雲　中川宋淵
鰯雲動くよ塔を見てあれば　山口波津女
いわし雲城の石垣猫下り来　森澄雄
豆腐二丁はなれて沈みいわし雲　酒井鱒吉
鰯雲子は消しゴムで母を消す　平井照敏

告ぐることあるごとく肩に蜻蛉きて
山城古地図の甦る秋　木村草弥

この歌は私の第二歌集『嘉木』（角川書店）に載せたものである。

この歌は歌会で「告ぐることあるごとく」という比喩と「山城古地図」の甦りとが巧みに照応して見事だと褒められて高点を得た思い出ふかい歌である。

とんぼは晩春から晩秋まで見られる虫だが、むかしから秋の季語とされている。

肉食で、昆虫を捕えて食べる。種類は日本で一二〇、三〇種類棲息するが、均翅亜目の「かわとんぼ」「いととんぼ」は夏の季語となる。

これらは止まるとき翅を背中でたたむ。

不均翅亜目は止まるときも翅を平らに広げ、後翅が前翅より広い。とんぼの多くは、こちらに属する。

図鑑の説明を読むと、なるほど、そうか、と納得する。

これから「赤とんぼ」の飛ぶ季節だが、古来、この赤とんぼ、あるいは「秋あかね」と呼ぶとんぼが、色も赤いく目立って多いので、秋の季語となったのではないか。

掲出した歌の載る一連を引いておく。

牧神の午後（抄）

木村草弥

告ぐることあるごとく肩に蜻蛉きて山城古地図の甦る秋
黒猫が狭庭をよぎる夕べにてチベットの「死の書」を読み始む
妻の剥く梨の丸さを眩しめばけふの夕べの素肌ゆゆしき
サドを隠れ読みし罌粟（けし）畑均（なら）されて秋陽かがやく墓地となりたり
花野ゆく小径の果ての茶畑は墓を抱きをり古地図の里は
秋風に運ばれてゆく蜘蛛の子は空の青さの点となりゆく
秋蝿はぬくき光に陽を舐めて自（し）が死のかげを知らぬがにゐる
牧神の午後ならねわがうたた寝は白蛾の情事をまつぶさに見つ
おしろいばな狭庭に群れて咲き匂ふ妻の夕化粧いまだ終らず
一茎のサルビアの朱（あけ）もえてをり老後の計画など無きものを
つぎつぎに死ぬ人多く変らぬはあの山ばかり生駒嶺見ゆる

野兎の耳がひらひらしてゐるね〈草原の風に吹かれてるんだ〉　木村草弥

この歌は私の第四歌集『嬬恋』（角川書店）に載るものである。この歌は「ドメイン」というインターネットを詠んだ一連八首の中のものである。この一連の最初の歌が、この歌である。

この歌の続きに

　比喩のやうに宙《そら》のかなたから飛んで来る君のEメール詩句の破片が

というのが載っている。これは「詩」である。

「君のEメール」というところに、インターネットで発信された詩句であることの存在証明をしていると言えるだろう。「Eメール」という言葉を修飾するものとして「比喩のやうに宙（そら）のかなたから飛んで来る」というフレーズを、私は選択した。

「比喩」という語句を辞書で引くと①「たとえること」②「類似したものを使って印象深く説明する表現法」というようなことが書いてある。これは辞書によって文句に違いはあるが、ほぼ大同小異といえよう。「詩」というものは、極論すると「比喩」表現に尽きる、と言える。

その「詩」が成功するかどうかは、その「比喩」がぴったりと収まって、読者に十全に受け入れられるかどうか、によって決まる。この歌が成功しているかどうか、私には何とも言いようがない。

「はじめに言葉ありき」てふ以後われら
混迷ふかく地に統べられつ　　　木村草弥

「エッサイの樹」というのは、「旧約聖書」に基づいてキリストの系譜に連なるユダヤ教徒の系統図を一本の樹にして描いたものであり、西欧のみならず中欧のルーマニアなどの教会や修道院にフレスコ画や細密画、ステンドグラスなど、さまざまな形で描かれている。

誤解のないように申し添えるが、「ユダヤ教」では一切「偶像」は描かない。

キリストは元ユダヤ教徒だが「キリスト教」の始祖でありカトリックでは偶像を描くから、エッサイの樹などの画があるのである。

偶像を描かないという伝統を、同根に発する一神教として「イスラム教」は継承していることになる。

この歌は私の第四歌集『嬬恋』(角川書店)に載せたものである。

エッサイの樹」と題する十一首の歌からなる一連である。

「ステンドグラス」に描かれたものとしてシャルトルの大聖堂のものが有名である。

なお先に言っておくが「エッサイ」なる人物がキリストと如何なる関係なのか、ということは、後に引用する私の歌に詠みこんであるので、それを見てもらえば判明するので、よろしく。

いずれにせよ、昔は文盲の人が多かったので、絵解きでキリストの一生などを描いたものなのである。

こういう絵なり彫刻なり、ステンドグラスに制作されたキリストの家系樹などはカトリックのもので、プロテスタントの教会には見られない。

とにかく、こういう祭壇は豪華絢爛たるもので、この「エッサイの樹」以外にもキリストの十字架刑やキリスト生誕の図などとセットになっているのが多い。

私の一連の歌はフランスのオータンの聖堂で「エッサイの樹」を見て作ったものである。

以下、『嬬恋』に載せた私の歌の一連を引用する。

エッサイの樹　　木村草弥

「エッサイの樹から花咲き期（とき）くれば旗印とならむ」とイザヤ言ひけり
エッサイは古代の族長、キリストの祖なる家系図ゑがく聖堂
ダビデ王はエッサイの裔（すゑ）、マリアまたダビデの裔としキリストに継ぐ
その名はもインマヌエルと称さるる〈神われらと共にいます〉の意てふ
聖なる都《エルサレム》いのちの樹なる倚（よ）り座（くら）ぞ「予はアルパなりはたオメガなり」
樹冠にはキリストの載る家系樹の花咲きつづくブルゴーニュの春
オータンの御堂に仰ぐ「エッサイの樹」光を浴びて枝に花満つ
とみかうみ花のうてなを入り出でて蜜吸ふ蜂の働く真昼
大いなる月の暈（かさ）ある夕べにて梨の蕾は紅を刷きをり
月待ちの膝に頭（かうべ）をあづけてははらはら落つる花を見てゐし

「はじめに言葉ありき」てふ以後われら混迷ふかく地に統べられつ

ここに掲出した歌の中の「はじめに言葉ありき」というのは、聖書の中の有名な一節である。あらゆるところで引き合いに出されたりする。

それが余りにも「規範的」である場合には、現在の地球上の混迷の原点が、ここから発しているのではないか、という気さえするのである。

だから、私は、敢えて、この言葉を歌の中に入れてみたのである。

前アメリカ大統領のブッシュが熱心なクリスチャンであったことは良く知られているが、彼は現代の「十字軍」派遣の使徒たらんとしているかのようであった。

中世の十字軍派遣によるキリスト世界とアラブ世界との対立と混迷は今に続いている。はっきり言ってしまえば「十字軍派遣」は誤りだった。今ではバチカンもそういう立場に至っている。頑迷な使徒意識の除去なくしては、今後の世界平和はありえない、と私は考えるものであり、この歌の制作は、ずっと以前のことではあるが、今日的意義を有しているのではないか、敢えて、ここに載せるものである。二〇〇七年に起こったアフガニスタンでの韓国人「宣教団」の人質事件なども同様の短慮に基づくものと言える。

イスラム教徒はコーランに帰依して敬虔な信仰生活を営んでいるのであり、それを「改宗させよう」などという「宣教」など、思い上がりもいいところである。

誘拐、人質と騒ぐ前に、お互いの信仰を尊重しあうという共存の道を探りたいものである。

――イスラエル紀行（3）――

終末に向き合ふものの愛《かな》しさか
ハル・メギドの野は花に満ちたり

木村草弥

はじめに「ハル・メギド」の野ということについて少し説明しておく。

新約聖書の「ヨハネの黙示録」に「ハルマゲドン」の最終戦争、というようなくだりがあり、一般人にも、このハルマゲドンという言葉が知られるようになったのは、サリン撒布事件などを起した麻原一派の恣意的な解釈、からである。

聖書の中の、この記述は邪悪な悪魔と、正しい信仰ないしは正しい人生との戦いを言ったものであり、本来的に「ハルマゲドン」とはイスラエルにある地名である。

紀元前何世紀かの戦場跡と言われている。現地の発音に忠実にいうと「ハル・メギド」と言うのが正しい。「ハル」とは「丘」の意味である。今は草花の咲く草原である。

イスラエルで売られる本には、そのハル・メギドの草原の写真が載っている。

イスラエルでは、アネモネは「国花」になっている。

春になると野原一面に咲くアネモネ。赤・白・黄色・紫・ピンク・青と、さまざまな美しい色で、気持ちを明るくさせてくれる。

イスラエルに行く機会のある人は、是非この季節のアネモネの一群を見てもらいたいものだ。

麻原一派の事件が起こった時、私は、すでにこういういきさつは知っていたので、こんな歌を作った。

第二歌集『嘉木』（角川書店）に載る。

ハルマゲドンそは丘の名と知らざるや世紀末なる憂愁深く
くるふ世とみな言ふべけれ僧兵が毒液ふりまく擾乱（ぜうらん）なれば
ハルマゲドンかの丘原に展（ひら）けしは「たましひ救へ」の啓示ならずや

はじめに掲出の歌は私の第四歌集『嬬恋』（角川書店）に載せたものである。

イスラエルという土地は旧約聖書などを読んでも、昔から、川の流れる流域以外は砂漠の不毛の地だったらしい。

今でも農耕が行なわれ豊穣の土地と言われるのは「約束の地」と呼ばれる限られた地域だけである。

その風土的な極端な特徴がユダヤ教などの宗教が発生する精神的なものの基礎を形成したことは確かである。

だから、当然、その肥沃な土地をめぐる争奪戦が繰り返されたのも理解出来よう。

百聞は一見に如かず、であり、本で読んで知っていても、実際に現地を見てみると、十全に理解できる。私は二〇〇〇年五月に訪問して、このことをはっきりと知ったのである。

ブログには、かの地ハル・メギドの野に咲く花のいくつかを写真にして載せた。

私は、掲出した、この歌で「終末に向き合ふものの愛（かな）しさか――」と呼びかけたが、これには聖書の「ハルマゲドン」の記述や西洋のキリスト教会で見られるタペストリーの絵解き物語を踏まえている。

「哀しさ」「悲しさ」とは、私は言っていない。「愛（かな）しさ」と言っている。この言葉は「いとしさ」と言い換えてもよい。

その表現の中に、私は未来に対する希望を盛ったのである。、この歌の背景の豊穣の土地を外れると、砂ばかりの不毛の地が続く。

同じ歌集に載る私の歌の

断念を繰り返しつつ生きゐるか左に死海、右にユダの沙（すな）

ガリラヤ湖周辺の肥沃な地を離れて、ヨルダン川沿いに南下してゆくと、上の歌のような風景が現出する。

ユダ沙漠は広大なもので、この沙漠を越えて西に行ったところにエルサレムの街がある。エルサレムの街は、東から入るにしても西から入るにしても、うねうねとした道を延々と登り下りした高い丘の上にある。

旧市街は高い城壁に囲まれている。新市街は、その城壁の外に広がっている。

あたらしき千年紀（ミレニアム）に継ぐ風景は?・パソコンカフェのメールひそかに

同じ歌集に載る私の歌のひとつである。ここにも私の問いかけと願いをこめてあるのは、勿論である。

イスラエル紀行の歌は、歌集に載せたものだけでも八〇首を越えるが、いずれも愛着のあるものだが、今日は、この辺でくぎりにする。

彼一語我一語秋深みかも　　高浜虚子

「深み」の「み」は、形容詞の「深し（深い）」の末に添えて名詞化する接尾語で、「秋深み」は秋の深まった状態を言う。

天地の間に置かれた二人の人物。

一方がポツリと一語を発すると、もう一方も一語ポツリと返す。言うに言われぬ時が流れて、二人の男も、発した言葉も、深い秋のまっただなかにある。

『六百五十句』昭和三〇年刊所収。

高浜虚子は何と言っても俳句界の巨人であって、作句も多く、私も何回も採り上げてきた。

以下、重複しないように気をつけて虚子の句を少し引く。

海に入りて生れかはらう朧月
蚊帳越しに薬煮る母をかなしみつ
ワガハイノカイミヨウモナキススキカナ
——九月十四日。在修善寺。東洋城より電報あり。
曰く、センセイノネコガシニタルヨサムカナ　トヨ

漱石の猫の訃を伝へたるものなり。返電。――（明治四一年）

春風や闘志いだきて丘に立つ
露の幹静かに蝉の歩き居り
冬帝先づ日をなげかけて駒ケ岳
石ころも露けきものの一つかな
道のべに阿波の遍路の墓あはれ
鎌倉に実朝忌あり美しき
我が生は淋しからずや日記買ふ
風生と死の話して涼しさよ

娼婦たりしマグダラのマリア金色《こんじき》の教会に名とどむオリーヴ山麓

――イスラエル紀行（4）――

木村草弥

「マグダラのマリア」については、ここに改めて書くまでもないが、お調べいただきたい。

「マグダラのマリア教会」は同じ名の教会が世界各地にいくつかあるが、もともとの物語の発祥の地であるイスラエルのエルサレムにある教会は、一八八八年ロシア皇帝アレキサンダー三世が、マグダラのマリアと母后マリアの二人を記念して建てたものである。

私の第四歌集『嬬恋』(角川書店）には、掲出した歌につづいて

「マリアよ」「先生（ラボニ）！」ヨハネ伝二〇章に描かるる美（は）しき復活の物語

という歌が載っている。

キリスト磔刑の死後三日目、復活したイエスをはじめて見たのはマグダラのマリアだった、と言われている。キリストを深く、心から敬愛した彼女なればこそ、復活したイエスが誰よりも最初に「姿」を見せたのが彼女なのであった。

マグダラのマリアは「聖女」に列せられている。

キリストの聖母もマリアという名である。

そんなこともあって、キリスト教世界では女の子に「マリア」という名をつけるのが多いのである。
英語名では「メアリー」と発音される。
絵画の世界でもマグダラのマリアは、さまざまに描かれてきた。
一例として、ティツィアーノの描いた絵を挙げておく。
この絵については、こんなエピソードがある。
いろんな画家の伝記を書いたことで有名なヴァザーリ（いちおう本業は画家だが）いわく
「髪が乱れほつれたマグダラのマリアの半身像で、
その髪は瀧のように肩、喉、胸にかかっている。
彼女は頭を上げ、その目はしっかりと天を見据えている。
その赤く泣きはらした目は悔悛の表れであり、
涙は犯した罪に対する悲しみの表れである。
このような絵であったから、それを見る者ははげしく心を動かされた。
さらに彼女の姿は非常に美しかったが、
その美は情欲をそそるものではなく、
むしろ深い哀れみの情を誘うものであった」
……と。

ここまで言われたら、画家冥利というものである。
あ、ここにもマグダラのマリアの象徴である香油の入った小瓶が描かれている。（左下）
膝の上の骸骨は「限りある命」の象徴なんだそうである。
「香油」というのは、死んだ人の体を香油で拭い、清めて「葬り」の儀式に備える聖なる儀式の一環なのである。

とにかく、オリーヴ山というのは聖書あるいはキリスト教の世界では重要な歴史的場所なのである。

私が行ったときは、実は「マグダラのマリア教会」には立ち寄らなかった。

ネット上のイスラエル旅行記を見ても、ツアーでは、ここに立ち寄らなかったという記載が多い。マグダラのマリアに対する「偏見」が、あるいは関係しているのかも知れない。

したがって、この教会の写真が遠景からのもので小さいことをお詫びしたい。

オリーブ山麓には、万国民の教会—別名苦悶の教会と呼ばれ、最後の夜イエスが苦悶しながら過ごしたと言われている—がある。

この教会は新しいもので、聖書のエピソードに因んで、最近に建てられたものである。

この教会に隣接してゲッセマネの園というのがある。

イエスが頻繁に訪れた場所で「最後の晩餐」のあとイエスは弟子とともに訪れ、受難を予言した場所。名前の通り、オリーヴの木が茂るところである。

ここから少し離れたところに金ピカの「マグダラのマリア教会」はある。

この教会は、見れば判るように典型的な「ロシア正教」の様式である。

玉ネギ坊主の屋根といい、ダブル十字架の下の段の横棒が「キ」の字にならずに、「斜め下」に傾いでいるのもロシア正教特有のものである。


小説『ダ・ヴィンチ・コード』及び、これを原作にした映画は先年に大きな話題を呼んだ。

キーパーソンとして「マグダラのマリア」が存在する。キリストが死んだとき、マリアは腹にキリストの子を宿していた、というフィクションが「キー」になっているのだ。

昔から聖書や福音書などには「外典」というものが存在し、小説は、それらを好んで題材にしてきた。

ローマ法王庁は、この本および映画を読んだり、見たりしないように信者に呼びかけた。

このブログに、私の歌

紺ふかき耳付の壺マグダラのマリアのやうに口づけにけり

を引いて、マグダラのマリアのことについて少し書いている。ご参考までに。
そこに載せたJan van SCORELのマグダラのマリアの絵の方が趣きがある。

わが泊る窓の向うにメテオラの奇岩の群のそそりたつ朝

――ギリシア紀行（3）――

木村草弥

この歌は私の第四歌集『嬬恋』（角川書店）に載せたギリシア紀行の奇岩「メテオラ」の歌である。

WebのHP「エーゲ海の午睡」の紀行文と一緒にお読みいただくと、よく理解していただける。

「メテオラ」と言っても関心のない人には、なじみのない地名だと思うので地図を掲げてみた。

ギリシアの首都アテネからバスで北へ半日余り行ったところにカランバカという村がある。

そこまで行くとメテオラの奇岩が平地から、そそりたつように林立している。

その岩の頂に千年前から迫害を逃れたキリスト教徒の修道院がいくつも建っているのである。

「アギア・トリアダ修道院」などである。

ギリシア正教管内では「アギア」とか「ハギア」とかの呼び方が教会の名前につくが、これは「聖なる」という意味の言葉である。

ギリシア、トルコなどのギリシア正教の地域に見られる。

イスタンブールの「アヤ・ソフィア」大聖堂の場合の「アヤ」も同じである。

先に書いたようにアテネを朝でて、バスで平地、山地、平地、山地と越えてゆくとカランバカ近郊に至ると、昼食の時間になるレストラン——もちろん田舎の粗末な食堂であるが、そこの庭から突如としてメテオラの奇岩が眼前に屹立するのである。

行程としては、そこで期待に胸を高鳴らせながら昼食を摂り、やおら岩山の修道院見学に出立するという算段である。

平地から岩山は屹立しているのだが、裏側に廻り込むと尾根づたいに岩山の修道院に接近できるルートがあるのである。

この本では画像が出せないので失礼するが、「メガロ・メテオロン修道院」の遠景などである。

「メテオロン」とは「中空の」という意味である。

苦労して作られた岩道をあえぎながら登って修道院に至る、というものである。

崖の途中の塔のようなものは物資を吊り上げる滑車が設置してあるところ。

乗ってきたバスは、この岩山を望む手前の山の平たいところに駐車場があり、そこから歩く。

岩山の頂上に立つと平地のカランバカとカストラキの村の遠望が見えるのである。

上からの俯瞰であるが、これらの岩山を平地から振り仰いだとすると、まさに奇岩の屹立という感じがするのである。

昔は修道院も、もっと数も多かったが、いまでは過酷な修行をする人も少なくなり、六カ所ほどに修道士あるいは修道女がいるに過ぎない。

詳しくは私のＷｅｂ上の紀行文「エーゲ海の午睡」をお読み願いたい。

「アギオス・ステファノス女子修道院」を見学したが、ここは元は男子修道院だったが最近（一九五〇年）になって女子修道院として再開された。

以下に私の当該個所の歌を引いておくが、修道院の中は撮影禁止であり、したがって写真はないので、私の歌から推測していただきたい。

メテオラ　　　木村草弥

名を知らぬ村の教会の鐘の音が朝の七時を告げて鳴りいづ
わが泊る窓の向うにメテオラの奇岩の群のそそりたつ朝
峨々と立つ岩山にして奇景なり信を守りて一千年経ぬ
中空の意なるメテオロン修道院すなはち岩は中空に架かる
披かれて置かるる本は古（いにしへ）の朱の書き込みの見ゆる楽譜ぞ
美貌なる修道女にてイコン売る黒き衣にうつしみ包みて
携帯用イコンなる聖画ゑがけるは聖母とわらべ金泥の中

補足的に書いておくと、

岩山の何カ所かの修道院の見学を終えて平地に下り、宿泊地のカランバカに帰り着き、夕食を摂ってしまうと、田舎のこととて、外は真っ暗である。

そのまま寝てしまい、翌朝、自室の窓を開けたら、眼前にメテオラの奇岩が屹立しており、ワッという感動のうちに作ったのが、掲出した歌、だということになる。

なお、これらの修道院は、もちろんギリシア正教徒のものであるから、ご存じのように「イコン」を制作して見学者に売る。

圧倒的に多いのが、私の歌にもある聖母マリアと幼子キリスト、という構図である。

女子修道院というのは二カ所だけである。

小さき泉遺して神託絶えにつつ デルポイの地は世界の臍《へそ》ぞ

――ギリシア紀行（4）――

木村草弥

先日来、三回に分けて書いたギリシアの記事の続編である。

この歌は私の第二歌集『嘉木』（角川書店）に載せたもので、ＷｅｂのＨＰ「エーゲ海の午睡」の紀行文と一緒にご覧いただくと、よくご理解いただけよう。

「ギリシア（3）」に載せた地図を見てもらえばよく判るが、カランバカ――メテオラから南に戻る途中にデルフィの遺跡がある。

古代ギリシアでは、何か事を行なう際には、デルフィのアポロン神にお伺いをたてて、「神託」をいただいてから行動に移ったという。

だからデルフィは「世界の臍」と言われ、「臍石」というのが発掘されて「デルフィ神殿博物館」に陳列されている。

遺跡の野外には、その臍石が在った場所にはレプリカが置かれ、元の位置が示されている。

「デルフィの聖域」と呼ばれる神殿跡が整備されて世界遺産に指定されている。

展示室には、この遺跡から発掘された「御者の像」という青銅製の彫刻がある。

この「御者の像」は、もちろん紀元前数百年の制作になるもので、この博物館でも逸品と言われているもの。

他に神殿の「破風」とその下部に大理石に彫られた見事な彫刻の「ファサード」が展示されているが大き過ぎて写真に撮れなかった。

「博物館」に展示される遺品では、これらのものがめぼしいもので博物館としては簡素なものである。

アポロン神殿は紀元前八五〇年に建造されたドーリス式の神殿。神託も、この神殿で行なわれた。

「ピュティア祭」というのが四年に一度開催されていた。

この大会は紀元前五八二年に始められ、当初は八年毎に「音楽と文芸の神アポロン」に因んで、詩、演劇、演説、音楽などのコンテストがメインに行なわれ、運動競技もあったという。

大きな競技場跡も見られる。

アポロン神殿の遺跡に、ここにアポロン神殿のあった場所を示す石がある。ギリシア語、フランス語、英語で書かれている。

展示室では、デルフィの神託の書かれた宝物庫の壁の文字などが見られる。

デルフィは山の中の岩山で、発掘された岩や石が散乱する、文字通りの遺跡である。

山の中のデルフィの遺跡からバスで二〇~三〇分戻ったところに小さなデルフィの集落がある。

私たちは、ここのヴーザスという崖に張り付いて建てられたホテルに泊った。

道路に面した一階がホテルの玄関で、客室はエレベータに乗って下に下ってゆく。五階ぐらいはあったと思う。

崖に張り付いているので、エレベータも客室の窓からも眺望は絶景である。ホテルの周りには土産物屋が軒を連ねている。

ここからは遥か先にギリシア本土とペロポネソス半島の間に挟まれた細長い水道——コリンティアコス湾が望める。

掲出した私の歌の「泉」について解説しておく。

この泉は「カスタリアの泉」と言い、アポロン神殿に参詣する人々も、お告げをする巫女たちも、まず、この泉で身を清めてから、聖域へと進んだという。

なお「デルフィ」というのは英語よみの発音であり、「デルポイ」というのは古代ギリシアの発音に近いということになっている。

掲出した歌の前後の私の歌をひいて終りにしたい。

星の幾何学——MARE MEDITERRANEUM——　木村草弥

森羅いま息ひそめつつデルポイはみどりの芽吹き滴るばかり
小さき泉遺して神託絶えにつつデルポイの地は世界の臍ぞ
熟れたれば舗道に杏の実は落ちて乳暈（アレオラ）のごとく褐色（かちいろ）に乾く

したたる緑、永遠の春、あくなき愛、浄福の地ぞアルカディーアは
悦楽《ロクス・アモエヌス》の地と描かれて画布にあるそはアルカディーア場所（トポス）たり得し
場所（トポス）はもペロポネソスに満ち満てる悦楽の言辞（トポス）に通ふと言へり
曲線はなに狩る弓ぞキャンバスに強く張らるる弦画（か）かれゐき
星に死のあると知る時、まして人に快楽（けらく）ののちの死、無花果（いちじく）熟す
かの射手座海に墜ちゆく彼方にはわが銀河系の母胎あるといふ

「デルフィまたはデルポイ」についてはWikipediaに詳しい。

なお「日刊ギリシャ檸檬の森」という実地踏破による詳しいサイトがあるので、ご覧いただきたい。

——書評——

西村美智子歌集『邂逅や』　木村草弥

——青磁社二〇一八・六・一五刊——

西村美智子さんが標記の本を上梓されて送られてきた。

かねてメールで六月には出ると知らされていたものである。　おめでとう、と申し上げる。

この本については色々言わなければならないことが多々あるが、この本には載っていないので、先ず、

西村さんのことを書いておく。

以下は前の本に載る西村さんの略歴である。

一九三一年生まれ。関西学院大学英文科卒、東京都立大学大学院英文学専攻修士。

法政大学女子高等学校教諭、一九九七年定年退職。

もと同人誌「零」の会同人として小説など執筆。　日本シェイクスピア協会会員。

著書

『新釈シェイクスピア　神々の偽計』（近代文芸社）二〇〇三年刊

『無告のいしぶみ』—悲謡　抗戦信長—（新人物往来社）二〇〇九年 刊

『イル・フォルモサ』（文芸社）二〇一二年刊

この略歴でも判るように、西村さんは英文学徒であり、長らく教職にあられた。

『新釈シェイクスピア　神々の偽計』の本の「あとがき」に、こう書かれている。

〈六年前に高等学校の英語教師を定年退職した。その年の夏からケンブリッジ大学のシェイクスピアサマースクールに参加、Dr.Cristopher Btistowのシェイクスピアを中心にした悲劇についての講義を聴講した。講義に触発され、シェイクスピアの悲劇をもう一度自分なりに読み直しはじめた時、同人誌「零」に誘われた。四大悲劇を、短編に出来ればと思った。〉


「零の会」は、同志社に居た亡・田中貞夫や西井弘和らが執筆していた会で、いつからか私も頂くようになって、彼らの名前を知ることになった。

同志社ではない西村さんが誘われたいきさつなどは知らない。

西村さんは台湾から引き揚げてきたあと、京都府立第一高等女学校の編入試験を受けて編入された。

そのときに「出崎哲朗」という国語の先生から「短歌」の手ほどきを受けることになった。

それらにまつわる歌があり、「あとがき」にも書いておられる。

私も間接的に出崎氏に触れる機会があって拙ブログにも載せたので、下記にリンクで引用しておくので見てもらいたい。　「出崎哲朗の歌」

出崎哲朗たちの拠った「ぎしぎし」はアララギ系の結社で、関西におけるアララギの有力な拠点だった。

私が「未来」川口美根子欄に居たときも、川口さんから何度か聞かされたことがあった。

近藤芳美が「未来」を立ち上げたときの創刊同人に、関西からは高安國世の名が見られる。高安は後年、短歌結社「塔」を創刊するに至るのである。

この本の「解説」で編集者の永田淳が、それらのことに触れて書いている。


先ず、この本の題名の「邂逅や」のことである。

「邂逅」とは和語やまとことばで言えば「巡り合い」を表す漢語である。

この言葉に西村さんは「わくらば」というルビを振られている。「わくらば」という和語に漢語を宛てるとすれば「病葉」となる。

私も日本国語大辞典など多くの辞書にあたってみたが、邂逅=わくらば　の解説は無い。

しかしネット上で調べてみると、この説明が載っているのであり、恐らく西村さんも、それに拠ってルビを振られたものと思われる。

この本の「あとがき」の中に
〈「家族と戦争」は自信がなかったので、畏友木村草弥氏にご一読願い、アドバイスをいただいた。〉

という個所がある。

この一連は「塔」の五十首詠の企画に西村さんが応募された作品であり、その後で私にコピーを送って来られたことがあり、私の意見を申し上げた。

それは、この「邂逅」という言葉の「読み」に関することであった。

上に書いたように私は「邂逅＝わくらば」には異論があることを、はっきり申し上げたが、この「あとがき」の文章では、私が承知しているように受け取れる。

私の意見として西村さんが受け入れたのは「邂逅や」の後に一字分の「空白」を置く、ということだけである。

この本は西村さんの長い人生にあって、さまざまのことが生起したが、それらを一つの「邂逅」めぐりあい、と把握したところに深い洞察があると思うのである。

深読みすると、邂逅＝わくらば、とされたことにも一理はある。西村さんは先年以来、何とかいう難病に侵され車椅子生活を余儀なくされている。

だから自身を「わくらば」病葉と把握されるのも納得するのだが、それならば、この「邂逅」の歌ではなく、別の「わくらば」の歌を詠まれるべきだ、と私は思うが、いかがだろうか。

この本は、恐らく発表の年代順だと思うが、Ⅰ　Ⅱ　Ⅲという章建てになっているが、「家族と戦争」の一連五〇首だけは、それらの前に特別に置かれていて、作者の執着の程を思わせる。

その冒頭の歌が

邂逅や　葉月に生まれ長月に満州事変われ戦の児

末尾の歌が

天そそるビル陰に臥すデイケアに老いどち語ればいくさは昨日

この歌には「れんぎょうに巨鯨の影の月日かな　兜太」という前書きが付けられている。

西村さんは一週間に何度か介護保険のデイケアに通っておられるらしい。

それらに因む歌が歌集の中にいくつか見られる。いくつか引いてみる。淡々と詠んでいて秀逸である。

雪のくる気配を告げてヘルパーさん赤きコートを羽織りて去りぬ

折れるのは鶴だけなればデイケアの折り紙の時間鶴を積むのみ

それぞれの背中に過去は重けれどわれらは遊ぶ園に児のごと

梅さくらツツジ紫陽花幾めぐり歩行リハビリ望みなおもつ

青葉雨ホームを巡るケアバスが次に拾うは元特攻兵

西村さんには女の子供が居られると仄聞するが、「孫」が居るらしい。カープを応援するらしい。

しかし、次のような歌を見ると西村さん自身も孫に感化されたのか野球に熱心である。

丸、菊池、田中のような青年が爆弾抱きて空征きし昔

ベイスターズ負けを続ける球場に月まんまるくせりあがりくる

満塁ホーマー逆転サヨナラ新井打つテレビへ拍手われとわが影

西村さんは横浜は「仲町台」という高層団地に住まいされている。それを詠んだ歌を引く。

仲町台辛夷並木の多き街児らが競いて花びら拾う

交通の便のよいところである。

私の第五歌集『昭和』を読む会を三井修氏のお世話で東京で開いてもらった翌日、出られなかった西村さんに会うために渋谷から東横線に載って会いに行った。

もう数年も前のことである。

巻末の近いところに載る歌。何事につけても過去にかこつけて詠まれていて読者の心に沁みる。

さらば夏八十五歳の夏さらば十四の夏に国は滅びき

そろそろ鑑賞も終わりにしたい。巻末に載る歌

みどり児と同じ高さで笑みかわすきみ乳母車われ車椅子

この歌は、NHK横浜の短歌大会で、小池光　選で優秀賞を得た、という記念碑的な作品である。

「きみ乳母車われ車椅子」という対句表現が秀逸である。二〇一七年九月のことである。

メールで知らせてもらって、さっそく私のブログで紹介したことである。

この歌を巻末に持ってこられたのは成功している。

これからも病気と付き合いながら、お元気で歌を紡いでいただきたい。

有難うございました。

（完）

――書評――

長嶋南子詩集『家があった』　木村草弥

――空とぶキリン社二〇一八・八・一五刊――

未知の長嶋さんから標記の本が贈られてきた。　高階杞一氏の指示によるものだろう。
高階氏には、さまざまのお世話になっている。
長嶋氏の略歴を、この本から引いておく。
茨城県常総市生まれ。
既刊著書
詩集
『あんぱん日記』　一九九七年　夢人館　第三一回小熊秀雄賞
『ちょっと食べすぎ』　二〇〇〇年　夢人館
『シャカシャカ』　二〇〇三年　夢人館
『猫笑う』　二〇〇九年　思潮社
『はじめに闇があった』　二〇一四年　思潮社
エッセイ集『花は散るもの人は死ぬもの』　二〇一六年　花神社

既刊本についてネット上に載る「馬場秀和ブログ」という記事を少し長いが引いておく。

『はじめに闇があった』（長嶋南子）

早く死んでしまう夫も
暗い目をして引きこもっている息子も　職のない娘も
いっしょに住んでいるこの家族は
よその家族ではないかと疑いはじめた
夜になるとわたしの家族をかざしてうろつく

『別の家族』より

この人たちはなぜこの家にいるのか。家族という不可解な存在を前にして、困惑し、殺し殺され、わあわあ泣く。家族という闇を直視する、気迫のこもった家族詩集。単行本（思潮社）

むっちり太った息子のからだ
シゴトに行けなくなって
部屋にずっと引きこもっている

どんどん太ってきて
部屋のドアから出られなくなった
餅を食べたら追い出さなければならない
　ころしてしまう前に
家のなかに漂っている灰色の雲

『雨期』より
引きこもりの息子、殺したり殺されたり。
　家族というものは毎日毎日一瞬一瞬が殺し合いです。疲れ切って手を離したら、そのときすべてが終わってしまう。そんな息詰まるような家族というものを、ひたすら書き続けています。
　とりあえず、殺される前に殺します。

ムスコの閉じこもっている部屋の前に
唐揚げにネコイラズをまぶして置いておく
夜中　ドアから手がのびムスコは唐揚げを食べる
　とうとうやってしまった
ずっとムスコを殺したかった

『ホームドラマ』より

二階から階段をおりてくる足音が聞こえる
息子が包丁もってわたしをころしにくるのだ
　ぎゅっと身が引き締まる
早く目を覚まさなくては
ゆうべは
足音をしのばせて
　わたしが階段をあがっていく
　ビニールひもを持っている
息子が寝ているあいだに
首をしめて楽にしてやらなくては
　ぎゅっと身を引き締める

『こわいところ』より

自分が生んだのに悩ましい
わたしは何の心配もなく眠りたい
息子に毛布をかけ床にたたきつける　火事場の馬鹿力
なんども足で踏みつける
生あたたかくぐにゃりとした感触
大きな人型の毛布が床の上にひとやま
こんにゃく　じゃがいも　ちくわぶ　大根　たこ　息子

『おでん』より
思い切って息子を殺せばそれでもう安心かというと、そんなこともなく、家族がいる限りどうしようもありません。泣くことも出来ません。猫にもどうしようもありません。

いっそのこと原っぱにいって
オンオン泣けば
ためこんでいたものが一気になくなって楽になるだろう
人前でひそかに泣かなくてすむだろう
まわりは新しい建売住宅ばかりで

原っぱはない
家の前の小さな空き地で大声で泣いたら
頭がおかしい人がいるどこの人だろうかと気味悪がられるだろう
部屋のなかで泣いていると猫が
よってきてなめまわしてくれるだろう
猫になぐさめられるとよけいに泣きたくなるだろう

『泣きたくなる日』より

安泰だと思っていた家なのに
子どもはひきこもりになっていた
傾いたらあわてて窓からとび出してきた
あさってごろには家は沈むでしょう
沈む家からはネズミが
ゾロゾロ這い出してきます
猫　出番です
わたしにはもう出番はない

舞台のそでからそっと客席をのぞき見している
猫　お別れです

『尻軽』より
猫との別れ。そして家族との別れ。いったい、あれは何だったのか。家族って、いったい何なのか。

仕事を終えて家に帰ると
息子が死んでいた
猫も母もと思ったら
その通りだった
ご飯を食べさせなくていいので
調理しない
レトルトのキーマカレーを食べる
のぞみ通りひとりになったのに
スプーンを持ったまま
わあわあ泣いている

『さよなら』より

……

ついきのうまで家族をしてました
甘い卵焼きがありました
　ポテトコロッケがありました
鳩時計がありました
夕方になると灯がともり
しっぽを振って帰ってくるものがいました
家族写真が色あせて菓子箱のなかにあふれています
しっぽを振らなくなった犬は　息子は
山に捨てにいかねばなりません
　それから川に洗たくにいきます
桃が流れてきても決して拾ってはいけません

……

『しっぽ』より

　というわけで、家族という闇を直視した作品がずらりと並んでいて、一つ読むごとに息詰まるような思いをしました。一番悲しかったのは、猫との別れを書いた詩です。以下に全文引用します。

┆┆┆┆

猫は猫でないものになりかけています
腹の手術あとをなでてやると
　のどをならすのでした
荒い息をしながらまだ猫であろうとしています

キセキがおこるかもしれないと
口にミルクを含ませます
飲み込む力が弱く
わたしの腕のなかでじっとしています

重さがなくなったからだを
抱いています
　わたしは泣いているのでした
猫は最後まで猫で
　のどをならすのです

わたしはわたしでないものになろうとしています
　のどをならします
泣いてくれるよね　猫
キセキは起こらないでしょう
季節の変わり目の大風が吹き荒れている夜です
……
『大風が吹き荒れた夜』より

＊＊＊＊＊＊＊＊＊＊＊＊＊＊＊＊＊

長い引用になったが、これらの作品が、今回の本に繋がると思うからである。
どこまでがリアルで、どこまでがフィクションかを問うつもりはない。
所詮「詩」はフィクションの世界である。

長嶋さんのことは何も分からない。ただ若くはないことは確かだろう。
この本の「帯」文には、こう書かれている。

〈すっかり世話を焼かれるからだになった

もうすぐ焼かれるからだになる

来し方を振り返れば夢のように浮かんでくる故郷。
土手下の二軒長屋、ちゃぶ台、草餅、若い父と母……。
老いていく日々の感慨を不条理の笑いでくるんだ新詩集。〉

この高階氏によるキャプションは、この詩集を要約していると言ってもいいだろう。
長嶋氏の作品を引く前に、こう言ってしまっては身も蓋もない。
少し作品を引いてみる。

鬼怒川　　　長嶋南子

川のなかに呑みこまれそうになった
鬼がきたのだ
怒らせてはいけない
力を抜いてあお向けになって流されていく

子のないおばさんが
養女にと母に言ってくる
おばさんの子になって
誰もいない昼間こっそり
タンスのひきだしを開ける
ひきだしのなかを川が流れている
女の子が浮いている
ここに流れついたのかとひとりうなずく

家が恋しくなるとひきだしをあける
川に飛び込む
土手下二軒長屋
五人きょうだいがいる六畳ひと間に流れつく
ひきだしのなかを行ったりきたりしていた

あの夏　わたしは鬼に呑みこまれたのだ
ずっと鬼の腹のなかにいる

腹のなかで男と出会い子どもを生んで
気がついたら
しらが頭に角を隠したうす汚れたお婆さんがいる
どこからみてもわたしではないのに
わたしだ

からし菜　　　長嶋南子

食べすぎて吐く
口から子どもがでてきた
口から出まかせの子どもは育たない
水に流す
流した子どもは数えきれない

夜ふけ　寝ているわたしの頭のなかに
流した子どもが
ずるずる入り込んでくる

私の脳に住みついてしまった

二月の食卓にからし菜
こまかく刻んで醤油たっぷりかけて
炊き立てのご飯にのせて食べる
母親ゆずりの好物
おいしいと脳は反応する
脳内の子ども
おいしいといっている

子どもは海馬を乗りまわして
遊び呆けている
わたしの年金を食いつぶす気でいる

家があった　　長嶋南子

草ぼうぼうのあき地に立っている

ここに家があった

庭先で酔った弟が大の字になって寝ている
もう少ししたら奥さんと別れることになる　知ってた？
生れたばかりの娘は別の男に育てられる
知ってた？

そんなところで寝てないで
奥さんと娘のところへ早く行きなよ
弟はろれつが回らないことばで
姉さん　早く夫に先立たれること知ってた？
子どもが引きこもりになること
知ってた？

知らない　知らない
弟がいたことも子どもがいたことも
おかっぱ頭のわたしはあき地でままごとしている

子ども役の弟に
早く学校に行きなさいといっている
生きたくないと子ども役の弟は
大の字にむなって寝ている
草むらでムシが
知ってる知ってる　と鳴いている

家があった

この本のⅠ　Ⅱ　Ⅲ　の項目名になっている作品を引いてみた。
項目名にするくらいだから作者にとって愛着のある作品だと思うからである。
これらの詩の醸すアトモスフェアは共通している。
帯文で高階氏が書く通りである。
ご恵贈に感謝して鑑賞を終わりたい。
有難うございました。

（完）

山茶花は咲く花よりも散つてゐる　細見綾子

私の家の前栽の生垣の一番西の端にあるサザンカが咲き始めた。四、五日前から咲きはじめたと思ったら、もう一斉に咲いて満開に近い。

サザンカにも遅速はあり、この木は例年一番早い。亡妻などは「あんまり早く咲きすぎる」と文句を言っていた。というのは今なら菊などの花の彩りもあるからで、冬が深まって周りに花の色がない時に咲いてほしい、という願いである。

サザンカは「山茶花」と書くが字の通りに発音すれば「サンザカ」となるが発音し難いので、いつしかサザンカとなったという。

原産地は日本で、学名をCamellia sasanquaというが、ここでも日本の発音通りの命名になっている。

椿科というけれど椿との違いは、ツバキは花が落ちる時にはボテッと全部一緒に落ちてしまう（このことから斬首刑を連想するのか、武士は椿の花を嫌ったという）が、サザンカは花びらが一枚一枚づつばらばらに落ちる。

サザンカは長崎の出島のオランダ商館に来ていた医師ツンベルクがヨーロッパに持ち帰り西欧で広まったという。

なお、学名の前半のCamelliaは椿のことで十七世紀にチェコスロバキアの宣教師Kamellカメルさんの名に因むという。

サザンカはさまざまに改良され、もともとは五弁の茶の花に似ている花だったが今では色も花弁の枚数も多様である。

『和漢三才図会』には「按ずるに、山茶花、その樹葉花実、海石榴（つばき）と同じくして小さし。その葉、茶の葉のごとく、その実円長、形、梨のごとくにして微毛あり。……およそ山茶花、冬を盛りとなし、海石榴の花は、春を盛りとなす」とある。

的確な表現である。なおサザンカは正式には「茶梅」と書いて「さざんくわ」と読むのが正しいという。サザンカは茶に近いものであるから、この説は了解できる。

サザンカは古来よく詠まれて来た花で芭蕉一門の連句などにも、よく登場する。

以下、サザンカを詠んだ句を引いておく。

霜を掃き山茶花を掃く許りかな　高浜虚子
無始無終山茶花ただに開落す　寒川鼠骨
花まれに白山茶花の月夜かな　原石鼎
山茶花やいくさに敗れたる国の　日野草城
山茶花のこぼれつぐなり夜も見ゆ　加藤楸邨
茶花やいくさに敗れたる国の　日野草城
山茶花の散るにまかせて晴れ渡り　永井龍男

山茶花のくれなゐひとに訪はれずに　橋本多佳子
山茶花の咲きためらへる朝かな　渡辺桂子
山茶花の咲く淋しさと気付きたる　栗原米作
白山茶花地獄絵のごと蜂群るる　高木雨路
山茶花の落花並べば　神遊び　伊丹三樹彦
さざんくわにあかつき闇のありにけり　久保田万太郎
さざん花の長き睫毛を蘂といふ　野沢節子
不忠不孝の人山茶花の真くれなゐ　飯島晴子
山茶花の咲きて病ひの淵に入る　保坂敏子

へそまがり曲りくねつてどこへゆく

抜き差しならぬ杭《くひ》の位置はも

木村草弥

この歌も具体的な「杭」というのではなく、「抜き差しならぬ杭」という表現で、人生における「まならぬ」ことどもを「心象」として表現したものとして受け取ってもらえば有難い。

この歌も私の第二歌集『嘉木』（角川書店）に載せたものである。

「杭」というものは、例えば牧場などの境界を区切るものとして、また農作業では支柱を立てたりするときの「杭」として必要なものである。

そのような「杭」の置かれた立場として、時として「抜き差しならぬ」という場面が出てくるもので、昔の人も、そのような立場を「抜き差しならぬ」という慣用句として確立したのである。

それは、単なる「杭」の位置を離れて、人生一般についての「譬え」として広く用いられるに到るのである。私の歌も、そういう類の「隠喩」として捉えていただくと有難い。

今しも建物を支える「地中杭」のことが大問題になっている。私の方でも鉄筋の建物を建てたときに十数本のパイルの杭を打ったことがある。

また、イタリアのベネチアは湿地帯に出来た街なので泥の中に太い木の杭を無数に打って建物を支えていることは、よく知られている。このように「杭」というのは重要なものなのである。

垢じみたこころ洗ひたし　冴えわたる
極月の夜に月の利鎌《とかま》だ

木村草弥

この歌は私の第二歌集『嘉木』（角川書店）に載るものである。

ご存知のように「月」にはほぼ二九日周期で満ち欠けがあるが、「利鎌」の形をするのは月齢の中で二回ある。新月から満ちはじめ上弦の月から満月に至る途中の利鎌と、満月から欠けが更に進んだ利鎌、である。この二つの場合には「弧」の向きが逆になる。

詳しくは「下弦の月」というのをご覧いただきたい。

「上弦」とか「下弦」という表現については逆の説明がなされる場合があるので、ご注意を。

詳しくは、ネット上の国立天文台の「こよみの計算」にアクセスすれば簡単に知ることができる。

「利鎌」の説明をしていて、つい月の話になったが、本来、話題にすべきは「垢じみた心」を洗いたい、ということであろうか。

私のように長い年月を生きて来ると、体も心も、すっかり「垢」じみたものになってしまっている。

「冴えわたる」極月（十二月の異称）の夜の月の「利鎌」を見ていると、それで自分の心の垢を削ぎ落したい、という想いに捕われるというのである。

これらは「比喩」表現であるから、言葉のあれこれの詮索は無用である。

俳句には「寒月」「冬の月」「月冴ゆる」「月氷る」「寒三日月」などの季語が見られる。

さむざむとした青白い月で、毎月見られる月ではあるが、この時期に見ると、厳冬を思わせる月の凄まじさがある。

透徹した空気のため、研ぎ澄まされたような、刺すような寒さが感じられて、美しい。

「寒月」と言えば、特に冷厳な凍りついたような月を言い、氷輪というようで、人を離れて寂として輝いている。

「冬三日月」は仰向きはじめた形で、ひえびえと利鎌のように鋭くかかる。

『枕草子』には「すさまじきもの、おうなのけさう、しはすの月」と書かれている。

『源氏物語』朝顔の巻では「花紅葉の盛りよりも、冬の夜の澄める月に、雪の光りあひたる空こそ、あやしう、色なきものの、身にしみて、この世のほかのことまで思ひ流され、おもしろさもあはれさも、残らぬ折りなれ。すさまじきためしに言ひ置きけむ人の、心浅さよ」とある。

寒月や僧に行き合ふ橋の上　　与謝蕪村

の句は、そういう雰囲気を、よく表現し尽している。

以下、冬の月を詠んだ句を引いて終る。

我影の崖に落ちけり冬の月　　柳原極堂
冬の月をみなの髪の匂ひかな　　野村喜舟

吹雪やみ木の葉の如き月あがる　前田普羅
冬三日月羽毛の如く粧ひ出づ　原ヨウ子
寝ぬる子が青しといひし冬の月　中村汀女
あたたかき冬月幸を賜はるや　石田波郷
寒月に大いに怒る轍あり　秋元不死男
人穴を掘れば寒月穴の上　富沢赤黄男
寒月や耳光らせて僧の群　中川宋淵
降りし汽車また寒月に発ちゆけり　百合山羽公
煙突と冬三日月と相寄りし　岸風三楼
寒の月酒にもまろみありとせり　相生垣瓜人
寒三日月不敵な翳を抱きすすむ　野沢節子
寒月光いつか一人となるこの家　古賀まり子
寒月の作れる陰につまづける　高木貞子
寒月にまぶたを青く鶏ねむる　田中祐三郎

冬薔薇を剪《き》るためらひは何事ぞ
貴きものを奪ふここちす　木村草弥

この歌は私の第二歌集『嘉木』（角川書店）に載るもので小項目名「薔薇」というところに、バラを詠った歌をまとめてあるものの一つである。

バラは何と言っても「花の女王」であることは間違いない。

在来種の野バラから、さまざまな改良が加えられて、今ではハイブリッドや遺伝子レベルの技術を駆使して新品種が産出されている。

バラには痛い棘（とげ）があるのが難点だが、今ではトゲのない品種もあるのではないか。

バラの中でも、人それぞれ好みがあろうが、私は「真紅」のバラが好きである。豪華なレディーという印象である。

妻の入院中にはあちこちからバラの花束をいただいたことがある。妻の大学の時の友人の某大学教授N女史から、お見舞いの花のアレンジが贈られてきたことがある。

また私からも病床にある妻にオランダ直輸入のバラを贈ったこともあった。

その他、前にもさまざまの記事を載せたこともある、思い出のある花なのである。

「ジーナ・ロロブリジーダ」の名がついたバラがある。そう言えばロロブリジーダの雰囲気が出ているバラである。そのN女史だが、先年、急性の脳梗塞に罹り半身不随で闘病の末、いまは車椅子の生活を余儀なくされている。

長年、歌作りをやっているとバラを詠み込んで、あちこちに歌を発表しているもので、歌集にする場合には、それらを「薔薇」という項目にまとめる、というようなことをする。

以下、ここにまとめた「バラ」の歌一連を引いておきたい。

掲出した歌の主旨は「冬薔薇」を剪る時には、万物の命の休止している冬の季節に、せっかく咲いた花を切り取るということに、極端にいうと「生き物の命」を奪うような気が一瞬した、といううだ。

薔薇　　　木村草弥

キーボード打てるをみなの傍（かた）へにはコップに挿せる紅薔薇にほふ
老いびとにも狂気のやうな恋あれと黒薔薇みつつ思ふさびしさ
飲みあけしミニチュア瓶に薔薇挿せばそこより漂ふスコッチの香り
鬱屈のなきにもあらず夕つかた何もなきごとく薔薇に水やる
喪に服し静もる館は薔薇垣を結界として何をか拒む
冬薔薇を剪るためらひは何事ぞ貴きものを奪ふここちす
冬薔薇を剪る妻の手に創（きず）ありぬ薔薇のいのちの棘の逆襲
ほのぼのとくれなゐ淡き冬薔薇にそそのかさるる恋よあれかし
薔薇図鑑見つつし思ふ園生には緋の花責めの少女ゐたりき

たまさかに鋏を持てばことごとく刺す意あらはに薔薇は棘見す
言へばわが心さびしもしろたへに薔薇咲き初めて冬に入りたり

以下、「冬薔薇」を詠んだ句を引いて終る。薔薇は「さうび」（そうび）とも発音する。

尼僧は剪る冬のさうびをただ一輪　山口青邨
冬薔薇（さうび）石の天使に石の羽根　中村草田男
冬の薔薇すさまじきまで向うむき　加藤楸邨
冬ばら抱き男ざかりを棺に寝て　中尾寿美子
冬さうび咲くに力の限りあり　上野章子
冬薔薇や賞与劣りし一詩人　草間時彦
ぎりぎりの省略冬薔薇蕾残す　津田清子
夫とゐて冬薔薇に唇つけし罪　鷹羽狩行
孤高とはくれなゐ深き冬の薔薇　金久美智子
冬薔薇や聖書に多き科の文字　原田青児
リルケ死にし日なりき冬の薔薇の辺に　脇村禎徳
ふと笑ふ君の寝顔や冬の薔薇　マブソン青眼

ひともとの八つ手の花の咲きいでて
霊媒《れいばい》の家に灯りつき初む　　木村草弥

この歌は私の第二歌集『嘉木』（角川書店）に載るもので、この歌の続きには

霊（たま）よせの家のひそけきたまゆらを呼びいださるる幼な子の頃

という歌が載っているが、この「霊媒」とか「霊よせ」ということについては、少し説明が必要だろう。今では青森県の下北半島の「恐山」のイタコなどに、その名残りをとどめるに過ぎないが、昔と言えば昭和初年の頃までは、こういう「霊媒」「霊よせ」というのが、まだ伝統的に各地に残っていたのである。大都市では、いざ知らず、私の生れたのは純農村であったから、「あの家は霊媒の家だ」という風に職業としてやっている人がいたのである。

もっとも当時は「神さん」とか「お稲荷さん」とかいう名で呼ばれていた。「コックリさん」という呼び名もあった。

科学的な解明というよりも、神がかりな「加持、祈祷」が幅を利かせていた時代である。

「八つ手」の木というのは家の裏の日蔭の「鬼門」とかに、ひそやかに植えられているもので、八つ手の花はちょうど今頃十二月頃に咲くのである。

そういう冬のさむざむとした風景の中に咲く八つ手の花と「霊よせ」の家というのが合うのではない

である。

かと思って、これらの歌が出来上がった、ということである。
八つ手の葉は文字通り八つ前後に裂けていて「天狗のうちわ」という別名もある。

八つ手の花を詠んだ句を引いて終りにしたい。八ツ手の花言葉は「分別」
たんねんに八手の花を虻舐めて　山口青邨
八ッ手咲け若き妻ある愉しさに　中村草田男
一ト時代八つ手の花に了りけり　久保田万太郎
遺書未だ寸伸ばしきて花八つ手　石田波郷
八ッ手散る楽譜の音符散るごとく　竹下しづの女
花八つ手貧しさおなじなれば安し　大野林火
踏みこんでもはやもどれず花八ツ手　加藤楸邨
花八つ手日蔭は空の藍浸みて　馬場移公子
寒くなる八ッ手の花のうすみどり　甲田鐘一路
すり硝子に女は翳のみ花八つ手　中村石秋
かなり倖せかなり不幸に花八ツ手　相馬遷子
みづからの光りをたのみ八ツ手咲く　飯田龍太
花八つ手生き残りしはみな老いて　草間時彦
人に和すことの淋しさ花八つ手　大木あまり

大聖堂のスズメたち「レーゲンスブルク少年合唱団」

――巡礼の旅――（2）

木村草弥

母なる大河ドナウにはローマ時代から築かれた石橋が架かり、今も街の人々が生活のために利用している。その橋の先には大聖堂の二つの尖塔が聳えたち、街の中心であることを示している。レーゲンスブルク大聖堂である。

レーゲンスブルク（Regensburg）はユネスコの世界遺産に登録されているドイツ連邦共和国の都市。バイエルン州に位置する。人口は約十二万人。

ここはバイエルン州東部、オーバープファルツの中心都市であり、ドナウ川とレーゲン川の合流近くに位置する。そのため、水上運輸の要所としての役割を果たしている。歴史的景観と穏やかな気候から夏の保養地としても多くの旅行客を集める。

近隣の都市としては、南西約五五キロにインゴルシュタットが位置する。

歴史的には、一世紀、ローマ帝国軍の駐屯地、カストロ・レギーナがおかれた。これが現在の地名の由来ともなる。

六世紀頃、バイエルン族が居住するようになり、バイエルン大公の居城がおかれた。その後、八世紀後半にタシロ三世がカール大帝に屈服し、フランク王国の統治下に入った。

その後も政治・経済の中心として重要な役割を果たしており、大司教座聖堂などを通じてその繁栄をうかがうことができる。

十三世紀半ばに「帝国自由都市」としての特権を認められていた。

神聖ローマ帝国における帝国議会がこの地で幾度か開催され、一六五四年にレーゲンスブルクでなされた「最終帝国議会決議」は、正規の帝国議会における決議としては最後のものであった。

一六六三年以降、それまで各地で開かれていた帝国会議は、レーゲンスブルクに常置された。

一八〇三年に独立を失い、マインツの代わりとしてマインツ大司教で神聖ローマ帝国の宰相であったカール・フォン・ダールベルクに引き渡された。

カールは街を近代化させ、プロテスタントとカトリック教徒に同じ権利を与え慕われた。一八一〇年にバイエルン王国に引き渡され、カールはフルダへと移った。

一八〇九年オーストリア軍とフランス軍が交戦し、街に大きな被害が出た。

第二次世界大戦中にはドイツ軍の第八軍管区本部が置かれたが、連合軍の空襲は小規模で、多くの歴史的建造物は破壊されずに残った。

さてレーゲンスブルク少年合唱団である。

大きくて威厳ある大聖堂では、その堅いイメージとは対照的に「大聖堂のスズメたち」、ドイツ語で「ドームシュパッツェン」という名の少年合唱団が活躍している。

生徒たちは専門の学校で寄宿生活しながら学び、声楽のレッスンや音楽の授業のほかに通常の学校教育を受ける。

合唱団には約五〇〇人の生徒が所属。一千年以上の伝統があり、ドイツ最古の少年合唱団だけあって彼らの歌声を聴くためにここを訪れる観光客も多い。

毎週日曜日、大聖堂でミサが十時から始まり「スズメたち」の歌声が堂内にひびく。

ミサに着用するローブには赤白と黒白との二種類があるようであり、写真のものは黒白である。

大聖堂は十三世紀に建築が開始され、それから三〇〇年もの歳月をかけて完成した堂々たる姿のゴシック様式である。

世界的に有名でアメリカやアジアの諸国、もちろん日本でも度々公演を行っていて、ＣＤなどもネット上にも出ている。

ブッダの「八大仏跡」を巡る

――巡礼の旅――（3）

木村草弥

経済発展が目覚しく、あらゆるものが急激なスピードで変わりつつあるインドは、今もっとも世界の注目を浴びる国といえるだろう。だが同時に経済格差は著しく、貧富の差も極端である。

そんなインドは「仏教」が生まれた土地であるが、今のインドはヒンズー教が圧倒的に信者の多い国で、仏教徒は極めて少ない。

ヒンズー教に言わせるとブッダの教えはヒンズー教の一派として数えられているに過ぎない。

しかし、われわれ日本人は「仏教徒」を自認しているのであるから、その教えの由来や仏教聖地を辿るのも意味があるだろう。

私は一九九九年正月に北インドと仏跡を歴訪したことがある。

以下、仏教、仏跡について少し書いてみる。

仏陀（ブッダ、梵：बुद्ध buddha）は、仏ともいい、悟りの最高の位「仏の悟り」を開いた人を指す。

buddha はサンスクリットで「目覚めた人」「体解した人」「悟った者」などの意味である。

「佛」の字について――「仏」（ぶつ）の字は、通常は中国、宋・元時代頃から民間で用いられた略字として知られるが、唐の時代にはすでに多く使われており、日本の空海も最澄宛の『風信帖』（国宝）

の中で使用している。これを漢字作成時の地域による使用文字の違いと見る有力な説がある。

中国において buddha を「佛」という字を新たに作成して音写したのは、おそらく中国に buddha に当たる意味の語がなかったためであろう。

この「佛」の語は、中央アジアの〝but〟もしくは〝bot〟に近い発音を音写したもので、元北京大学の季羨林教授によれば、この語はトカラ語からの音写であるとするが、根拠は不明である。

四世紀以後に仏典がサンスクリットで書かれて、それが漢文訳されるようになると、buddha は「佛陀」と二字で音写されるようになる。つまり、「佛陀」が省略されて「佛」表記されたのではなく、それ以前に「佛」が buddha を意味していたことに注意すべきである。

「佛」の発音については、「拂」「沸」の発音が *p'iuet であるから、初期には「佛」も同じかそれに近かったと考えられる。この字は「人」+「弗」（音符）の形声文字であり、この「弗」は、「勿」「忽」「没」「非」などと同系の言葉であって、局面的な否定を含んでおり、「ではありながら、そうではない・背くもの」という意味を持っている。その意味で、buddha が単に音だけで「佛」という字が当てられたのではなく、「(もとは) 人間ではあるが、今は非（超と捉える説もある）人的存在」となっているものを意味したとも考えられる。なお、「仏」の右の旁（つくり）は、「私」の旁である「厶」から来ていると見られている。

仏陀の範囲— 基本的には仏教を開いた釈迦ただ一人を仏陀とする。

しかし初期の経典でも燃燈仏や過去七仏など仏陀の存在を説いたものもあり、またジャイナ教の文献にはマハーヴィーラを「ブッダ」と呼んだ形跡があることなどから、古代インドの限られた地域社会の共通認識としては既に仏陀が存在したことを示している。

しかして時代を経ると、その仏陀思想がさらに展開され大乗経典が創作されて盛り込まれた。このため一切経（すべての経典）では、釈迦自身以外にも数多くの仏陀が大宇宙に存在している事が説かれた。例を挙げると、初期経典では「根本説一切有部毘奈耶薬事」など、大乗仏典では『阿弥陀経』や『法華経』などである。

また、多くの仏教の宗派では、「ブッダ（仏陀）」は釈迦だけを指す場合が多く、悟りを得た人物を意味する場合は阿羅漢など別の呼び名が使われる。

悟り（光明）を得た人物を「ブッダ」と呼ぶ場合があるが、これは仏教、ことに密教に由来するもので、ヴェーダの宗教の伝統としてあるわけではないと思われる。

一般には、釈迦と同じ意識のレベルに達した者や存在を「ブッダ」と呼ぶようになったり、ヴェーダの宗教のアートマンのように、どんな存在にも内在する真我を「ブッダ」と呼んだり、「仏性」とよんだりする。場合によれば宇宙の根本原理であるブラフマンもブッダの概念に含まれることもある。

近年になって仏教が欧米に広く受け入れられるようになって、禅やマニ教の影響を受けて「ニューエイジ」と呼ばれる宗教的哲学的な運動が広まり、光明を得た存在を「ブッダ」と呼ぶ伝統が一部に広まった。

仏陀への信仰― 釈迦は自分の教説のなかで輪廻を超越する唯一神（主催神、絶対神）の存在を認めなかった。その一方、経典のなかでは、従来は超越的な「神」（deva, 天部）としてインド民衆に崇拝されてきた存在が仏陀の教えに帰依する守護神として描かれている。

その傾向は時代を経ると加速され、ヴェーダの宗教で「神」と呼ばれる多くの神々が護法善神として仏教神話の体系に組み込まれていった。

また仏滅五〇〇年前後に大乗仏教が興隆すると、人々は超越的な神に似た観念を仏陀に投影するようにもなった。

なお、釈迦が出生した当時のインド社会では、バラモン教が主流で、バラモン教では祭祀を中心とし神像を造らなかったとされる。

当時のインドでは仏教以外にも六師外道などの諸教もあったが、どれも尊像を造って祀るという習慣はなかった。したがって原始仏教もこの社会的背景の影響下にあった。そのため当初はレリーフなどでは、法輪で仏の存在を示していた。

しかし、死後三〇〇年頃より彫像が作られはじめ、現在は歴史上もっとも多くの彫像をもつ実在の人物となっている。とはいえ、死後三〇〇年を過ぎてから作られはじめたため実際の姿ではない。仏陀の顔も身体つきも国や時代によって異なる。

ブッダの生誕地ルンビニは今のネパール南部にあるが今はマヤ・デヴィ寺院と菩提樹の立ち木と池があるに過ぎない。寺院も、たとえば塔などもすっかりネパール風の装飾になっていて馴染めない。

仏教の八大聖地は、仏教における重要な八つの聖地の総称。その全てがゴータマ・ブッダの人生に関わる遺跡である。

ルンビニ－生誕の地。

ブッダガヤ－成道（悟り）の地。

サールナート－初転法輪（初めての説教）の地。

ラージギール－布教の地。

サヘート・マヘート－教団本部の地。

サンカーシャ－昇天の地。

ヴァイシャリ－最後の旅の地。

クシーナガラ－涅槃（死）の地。


ブッダガヤ（仏陀伽邪 बोधगया）は、釈迦（如来）が六年の苦行の末に成道（悟り）の地で、八大聖地の一つ。ボードガヤーとも表記する。

また、ヒンドゥー教における聖地でもある。特に仏教では最高の聖地とされている。

ブッダガヤの大菩提寺－菩提樹はインド東部、ビハール州、ネーランジャヤー（尼蓮禅）河のほとりにある。古い煉瓦構造建築様式の一つである。ユネスコにより世界遺産に登録されている。

ブッダガヤには、中心にあるブッダガヤの大菩提寺（マハーボーディー寺）と、そのまわりにある各国各宗派の寺院（例　中国寺、日本寺、ネパール寺など）がある。マハーボーディー寺の中には、その本堂である高さ五二メートルの大塔と、ゴータマ・ブッダが成道したときに座っていた金剛宝座と、成道したときにその陰にいたゴータマ・ブッダの菩提樹、沐浴の蓮池がある。

ブッダガヤの大菩提寺脇にある菩提樹　は釈迦牟尼が悟りを開いた場所であり、ビハール州パトナーからおよそ九六キロ離れたところに位置している。

紀元前約五三〇年、僧として放浪している釈迦牟尼がガンジス川支流の森の岸に着いたその位置を示すために造られた。

長らくヒンドゥー教の管理下にあり、寺院が整備されず荒廃していたが、一九四九年にヒンドゥー教徒と仏教徒の各四名と政府要員一名による管理となった。

さらに一九九二年には佐々井秀嶺などによるブッダガヤ奪還運動が行われ、近年では仏教徒のみによる管理へと移行しつつある。

サールナート遺跡——俗に「鹿野苑」（ろくやおん）と呼ばれている。

サールナートは、インドのウッタル・プラデーシュ州にある地名。ワーラーナシー（ベナレス）の北方約十キロに位置する。釈迦が悟りを開いた後、初めて説法を説いた地とされる。初転法輪の地。仏教の四大聖地のひとつ。鹿が多くいたことから鹿野苑（ろくやおん）とも表される。

現在はインド政府によって整理され遺跡公園になっている。

またこの周辺からは「サールナート仏」と呼ばれる仏像が多数出土し、最高傑作とも評される「初転法輪像」がサールナート考古博物館に収蔵されている。

サールナート出土初転法輪像はお釈迦さまの初めての説法を描写した傑作の仏像。五世紀頃の作と考えられる。足元には中央に法輪があり、それを囲んで右に三人、左に二人の計五人の弟子がいる。左端には母と子が描かれているという。

また法輪の両側に鹿が二頭配置され、鹿野苑での説法であることを表わしている。

クシーナガラ（英語：Kushinagar）は、古代インドのガナ・サンガ国であったマッラ国（末羅国）の二大中心地のひとつで西の中心地であり、現在のインドのウッタル・プラデーシュ州東端のカシア付近の村。釈尊入滅の地とされ、四大聖地のひとつ。ワーラーナシー（ベナレス）の北一五〇キロの地にある。

死期を悟った釈尊は霊鷲山（ビハール州）から生まれ故郷に向う途中にこの地で亡くなる。

純陀（チュンダ）の供養した「スーカラ・マッダヴァ（sukara maddava）」（豚肉料理、あるいは豚が探すトリュフのようなキノコ料理とも）を食して激しい下痢を起こしたのが原因とされる。

マハー・パリニッバーナ・スートラ（大般涅槃経）には、このクシナガラで釈尊が涅槃するまでの模様が書かれている。

ピレネー山脈ボイ谷の「サン・クレメンテ教会」

――巡礼の旅――（6）

木村草弥

スペインの玄関口、地中海に面したバルセロナからイベリア半島北部をピレネー山脈に沿って横断し、聖地サンチアゴ・デ・コンポステーラに向かうルートに乗る。

バルセロナを出てしばらく北上すると、目の前に巨大な山塊が出現する。余りに大きすぎてバスの車内からでは頭を屈めないと頂が見えないくらい。

これがイベリア半島北部を東西に横断している、標高二～三千メートル級の山々が連なるピレネー山脈だ。

スペインの秘境ボイ谷は一九四八年にビエラ・トンネルが開通するまでは全く交通手段のない所で千年前の独自の伝統を持ち続けてきた奇跡の谷だった。

トンネルは約三〇分かかり、そこを抜けると別世界だ。

一九九九年十二月、谷の一番奥のタウイのサンタ・マリアとサン・クレメンテ。ボイのサン・ジュアン。一番トンネルに近いバルエラのサン・フェリオの四か所の教会が世界遺産に指定された。

アクセスと知名度のおかげで、今では主要観光ルートの一つになったが、しばらく前までは祭壇の前に立つと千年まえの雰囲気がそのまま残っていたという。

その後、この谷は大きく変容して、今では古い民家は今は一軒も残っていないという。

今でこそピレネー山中にひっそりと佇むロマネスク教会の里・ボイの谷として有名になったが、この谷にあるタウイ村は、まるで天空の村のようだ。

サンタ・マリア教会の穹窿が有名である。

歩いて聖地サンチアゴに向かう巡礼者にとってはピレネーは山岳美よりも、むしろ目の前に立ちはだかる難所なのである。

フランスからスペインに抜けるルートでは巡礼者が誰しも越えなければならない苦しい峠越えだ。

ピレネー越えのソンボール峠の標高は一六四〇メートルほどだが、二〇キロ前後の荷物を背負って何百キロもの道のりをひたすら歩いて来た巡礼者にとっては、とても厳しい。

かつて中世の頃は、このピレネー越えで命を落とした巡礼者はおびただしいという。

今も峠の旧道を一歩一歩、ゆっくりとした足取りで峠を登ってゆく巡礼者の姿を見ることがある。

ピレネー山脈は、そんな人々の思いを乗せて、今も天に聳えている
ここで「聖人サン・クレメンテ」のことを書いておく。

聖ペテロと聖パウロの直弟子であったと言われている四代教皇聖クレメンテという人が居られて、キリスト教への貢献によって聖人に列聖された人である。

彼の名を冠した教会はあちこちにあり本拠はイタリアだが、アメリカ大陸にもある。

——巡礼の旅——（7）

イエスの最初の奇蹟「カナの婚礼のワイン」

木村草弥

今から約二千年前、イエス・キリストが誕生した。

彼は万人の病を癒し、自然の力さえも操ることが出来た奇蹟の人と伝えられている。

イエスの最初の奇蹟は、喜びに満ちた婚礼に招かれたときに起こったとされる。

ヨハネ福音書（2章1－11）によると、ガリラヤ地方のカナという村で、イエスと母マリア、弟子たちが村の婚礼に招かれたとき、長い宴がつづいたために、とうとう葡萄酒がなくなってしまった。

「葡萄酒がないなら喜びもない」という諺があるほど、葡萄酒は祝い事に必要不可欠なものだったため、イエスは召使に、石甕に水を満たすよう命じて、それを極上の葡萄酒に変えた。

それを知らない世話役は召使が運んだ石甕に入った葡萄酒を呑み「最初は良い葡萄酒を出し、酔いが回った頃に劣ったものを出すのに、こんな良い葡萄酒が出てくるとは」と驚いた。

その奇蹟を見た弟子たちは、イエスを神の子だと確信し、信頼を捧げたという。

これがカナの婚礼の奇蹟、と今に至るまで伝えられる物語である。

この奇蹟のエピソードのある地には「カナ婚礼教会」が建てられている。

一つはフランチェスコ会の建てたもので、もう一つギリシャ正教の建てたものが他にある。

これらの二つの教会は、イエスの生涯を辿る巡礼地の一つとして現在も多くの人々が訪れるのである。
イエスは伝承によれば、
ベツレヘムで生まれ、このナザレをはじめとするガリラヤ湖周辺で育ち、数々の説教と奇蹟を起した
イエスは、次第に民心を捉え、一部で熱狂的な支持を得ていた。

大き瓶（かめ）六つの水を葡萄酒に変へてイエスは村の婚礼祝ふ　―カナ婚礼教会―

サボテンと柘榴のみどり初めなる奇蹟にひたるカフル・カナ村

この地での私の歌である。第四歌集『孀恋』（角川書店）所載。

この本には出ないが、はじめに掲出した絵はフランスはパリのルーヴル美術館にあるもので、世界的に名高い絵「モナリザ」の向かいに展示されている。

この絵はルーヴルはもとより、美術史上、最も大きなカンヴァス画の一つであり、タテ六・七メートル、ヨコ九・九メートルの大きさを誇る。

イエスの起こした最初の奇蹟は、おそらく、そのキャンバスの大きさが象徴するように、人々に多大な影響を与えた出来事だったに違いない。

葡萄の起源は極めて古い。

紀元前七〇〇〇年頃、古代文明発祥の地メソポタミアでは既に葡萄栽培が行われており、人々にとって身近な食物だった。

それ故に、葡萄にまつわる譬えや教えは人々の心に直接働きかけるのに好都合だったのだろう。

聖書の世界では、葡萄や葡萄酒にまつわる話が数多く記されている。皮肉にも、イエスが最初の奇蹟で人々に喜びを与えた葡萄酒は、のちに、最後の晩餐で「多くの人のために流される自分（イエス）の血」と形容されることとなるのだが、彼の生涯の中で、葡萄酒がいかに重要なものであるかを窺い知ることが出来るというものである。

――巡礼の旅――（8）

奇跡の褐色の聖母出現―グアダルーペ寺院

木村草弥

一五三一年十二月十二日、メキシコのインディオ、アステカ族の農夫であったファン・ディエゴは叔父のファン・ベルナルディーノが病気で死にかけており、告解と終油の秘蹟を求めたので、司祭を呼びにトラルテロルコまで急いで出かけた。

実はファン・ディエゴはその少し前十二月九日に聖母の御出現を受けていた。

彼のアステカ名はクアウトラトファック（その意味は「歌う鷲」）であったが、キリスト教に改宗してファン・ディエゴの名を貰った。彼は自分の住む村クアウティトランからよくテノクティトラン（メキシコ・シティ）の北にあるトラルテロルコまで二五キロの距離を早朝ミサに与り、秘蹟を受けるために出かけていた。

その日、彼がテペヤックの丘の側を通り過ぎたとき、丘の上でさまざまの鳥の歌のような音楽を聴いた。それで彼は四〇メートルほどのその丘を登って行き、その頂上に美しい貴婦人を見た。その貴婦人はファンが話しているアステカ語（ナフアートル語）で話しかけられた。そして御自分がおとめマリアであることを打ち明けられ、このテペヤック丘の上に聖堂を建てるように、そのために司教館に行って司教に、聖母がディエゴを遣わしたと告げるように言われた。しかし司教はそのようなディエゴの話を信じないで、彼を帰らせた。

ディエゴはしかたなく、またテペヤックの丘に戻ると、聖母が待っておられた。ディエゴは自分はこの役に相応しくないので、もっと身分の高い人を代わりに任命してくださいと聖母に頼んだが、聖母はこの使命を引き受けることになっているのは他の誰でもなくファン・ディエゴですと言われたので、彼は翌日もう一度やってみることを聖母に約束した。

翌日ディエゴはもう一度会いに行ったが、司教スマッラガにすげなく断られた。しかし、このとき、司教はディエゴに話が本当なら聖母から天のしるしを貰うようにと要求した。それで、ディエゴはもう一度テペヤックに行き、聖母に司教の要求を告げた。聖母はそのしるしを明日用意しましょうと言われた。

翌日、叔父のベルナルディーノの容態が悪化して、その面倒を見るためにディエゴは聖母と約束したテペヤックの丘へは出かけることができなかった。その夜、最初に述べたように叔父の具合がますます悪くなり、司祭に来て貰いたいという叔父の望みを叶えるために翌日十二月十二日朝四時半にまだ暗くて寒い中をトラルテロルコまで出かけたのであった。

ディエゴは聖母との約束が気になっていたが、急いで司祭のところに行かなければならないので、テペヤックの丘で聖母に会うのを避けようとして、丘の反対側の道を取った。しかし、聖母は道を遮るために丘から降りて来られた。聖母は微笑みながら、ディエゴに何か問題がありますかと尋ねられた。それから、ディエゴの叔父がこの瞬間に癒されたと言われた。そしてこれから丘へ登って前に聖母に出会った場所で花を摘んで降りて来るように言われた。ディエゴは言われた通りに丘の頂上に登って驚いた。この冬の寒空にさまざまの種類の美しい花が岩、アザミ、乾燥地の藪の間に満開になっていた。露に濡れてよい香りを放っていた。彼はすべての花を摘もうとしたが、多すぎて全部摘むことはできなかった。摘んだ花を運ぶために彼は自分の羽織っていたティルマにくるんだ。ティルマはアステカの伝統的なマントで首のところで結ぶようになっている。ディエゴが着ていたティルマはサボテンの茎の繊維で作られたもので、二〇年もすればすり切れてしまうものだった。彼は急いで丘を降りて聖母のところへ戻った。聖母はディエゴがティルマに包んで持って帰った花を特別な仕方で整えられ、ティルマの中にもう一度しっかり包まれた。そして、誰にも見せずに、司教自身にそれを開けて見せなさいと言われた。

ディエゴは三度目に司教館に行き、司教に面会を申し入れた。司教館で待っている間に、召使いたちが花を持ち去ろうとすると、花はあたかもティルマを縁取りする絵となってティルマの中に溶けてしまうかのように見えた。彼らは驚いて司教に直ぐ来るように呼びに走った。スマッラガ司教はメキシコ新総督のドン・セバスチアン・イ・フエンレアルなど重要人物たちと話し合いをしていたが、直ぐにディエゴに会いに出て来た。ディエゴは約束通りの貴婦人の天からのしるしと言って、ティルマを開いた。すばらしい色と香りを持つ花が床を埋めた。スペインにしかなく、メキシコにはまだ輸入されたことがなかったカスティージャのバラは居合わせた高官たちと司教を驚かせた。

さらに人々を驚かせることが起こった。人々が見ている前でティルマの内部に一つの像が現れた。最初、ファン・ディエゴはこの像を見ていなかったが、見たとき、その像がテペヤックの丘で見た聖母に生き写しだったので叫び声をあげた。そしてそのことを人々に告げた。この時以来、聖母像は今日まで四六八年近くもティルマの中に消えずに残っている。スマッラガ司教は自分の不信をディエゴに泣いて詫び、彼を抱擁した。テペヤックの丘に小さな聖堂を建ててそこに奉納するまでの間司教はそのティルマの聖母像を自分の小礼拝堂に飾って崇敬した。現在このテペヤックの丘には聖母が望まれた大聖堂が建っていて、ティルマの聖母が崇敬の対象になっている。その後まもなく多数のアステカの人々がこの聖母像を崇敬するためにやって来て、次々に改宗が始まった。一説では十六世紀初めルターの宗教改革でヨーロッパで失われたカトリックの数だけこのメキシコでアステカ人のカトリックへの改宗があったと言う。聖母はヨーロッパ大陸で失われた人数をアメリカ大陸で取り戻されたのだ。

ところで、スマッラガ司教はお付きの者を一人つけてファン・ディエゴを村まで送り届けた。叔父のファン・ベルナルディーノは聖母が言われたその時刻に癒されていて、ディエゴを出迎え、聖母が自分にも御出現になったと彼に告げた。聖母はそのとき、御自分が呼ばれたいと望んでおられる名前をベルナルディーノに打ち明けられた。今、グアダルーペの聖母と言われている名前であるが、これには実は行き違いがあった。聖母は二人のアステカ人にアステカの言葉、ナフアートル語で話された。ナフアートル語にはGとDの文字がない。だから、アステカ人がグアダルーペと発音するわけはない。しかし、スペイン人の通訳がファン・ベルナルディーノの話を聞いて、「永遠のおとめ、グアダルーペの聖マリア」と言っていると理解した。スペインのグアダルーペ川の近くに聖母御出現で有名なマリア聖地があったからである。しかし、後に明らかになったことであるが、ベルナルディーノがアステカ語で語ったのは、「テコアトラホプー」あるいは「コアトラロープ」であったのに、その発音がグアダルーペのように聞こえたのであろう。「テコアトラホプー」あるいは「コアトラロープ」の意味、つまり聖母が御自分の呼び名として望まれたのは、「石の蛇を踏みつぶし、踏みしだき、一掃し、根絶するまったく完全なおとめ聖マリア」という名であった。石の蛇というのはアステカの神々の中でも最も恐ろしい蛇の神「ケツァルコアトル」のことであり、この神はこれまでにアステカの人々から一年に二万人の人身御供を要求していた神であった。アステカの人々はファン・ディエゴとファン・ベルナルディーノという二人のアステカ人のファンに御出現になった聖母を神から遣わされた方として理解し、人身御供の悪習は突然終わった。一五三九年までに、すなわち御出現後わずか八年ほどの間に八〇〇万人のアステカの人々がカトリックに帰依した。これはティルマの内側に姿を残された聖母の力である。

聖母像が刻み込まれたこのサボテンの繊維でできたティルマはさまざまの科学的な鑑定を経ても、未だにその謎が完全には解けないと言われている。一五三一年以来四六八年も崇敬されて人目にさらされ、聖堂の中で祭壇の上方に掲げられていたため、ろうそくですすけ、悪化するはずなのに、不思議なことに全然古びていず、今もみずみずしく、生き生きとしており、繊維質の悪化がまったく見られないという。おまけに粗い繊維質のティルマに描かれた聖母像の顔料が未だに特定できないそうである。例えば、太陽光線、飾りふさ、天使ケルビム、マントの三日月や星、金の縁取りなど、後からの書き込みがあることが確証されているが、それらの顔料は特定されており、年代によるひび割れや劣化を示している。しかし、後からの書き込みでない最初の聖母像の衣装、マント、顔、手などの顔料は化学分析によっても何であるかが特定できず、しかもいかなる汚れ、すすけもなく、年代による劣化もないという。もっと不思議なことは、聖母像の瞳には人物像の反映があることが分かったという。コンピューターを用いた画像処理で判明したように、瞳に映っていたのははっきりと認められる複数の人物の顔と手である。ティルマが最初にスマッラガ司教の前でほどかれたときに、列席していたスペインの高官たちが聖母像の瞳に映ったと信じられている。新しいスペイン総督ラミレス・イ・フエンレアルはその一人ではないかと言われている。

旧大聖堂は地震のために地盤が悪くて傾いている。

一七〇九年に二つの塔をもつバジリカ（大聖堂）が建てられ、ティルマはそこに移されて崇敬されて来たが、一九七六年にこのバジリカの隣に一万人が入れる円形の新しい聖堂が建てられた。グアダルーペは現在年間一二〇〇万人とも二〇〇〇万人とも言われる巡礼者が訪れる世界でも有数の聖母巡礼地である。

一八一〇年から始まったメキシコ独立革命の際には、指導者のイダルゴ神父が、このグアダルーペの聖母像をシンボルとして掲げて戦った。

その後、この褐色の聖母は、メキシコ独特の混血文化の象徴として崇拝、敬愛されるようになった。

一九九九年七月七日、カトリック・ワールド・ニュースはメキシコのノルベルト・リヴェラ・カレラ枢機卿が福者ファン・ディエゴの列聖の日が近いうちに告知されることを望んでいるという記事を発表した。

ここには私は二〇〇一年にメキシコに行った際に参詣した。

巨大な体育館のような寺院で、聖母像の前には、押し寄せる信者をさばくために、エスカレータ式の「動く歩道」が設置されていた。

ここで詠んだ私の歌―第四歌集『嬬恋』(角川書店)所載―を引いておく。

信篤きインディオ、ディエゴ見しといふ褐色の肌黒髪の聖母
カトリック三大奇跡の一つといふグアダルーぺの聖母祀れり
聖母の絵見んと蝟集の群集をさばくため「動く歩道」を設置す

黄落を振り返り見る野のたひら
野はゆく年の影曳くばかり　　木村草弥

この歌は私の第二歌集『嘉木』（角川書店）に載るものである。

本年も師走終盤に突入して、はや旬の半ばを越えた。

辺りを見回してみると、落葉樹の木々はあらかた葉を落とし、先日までは赤や黄の「紅葉」をつけて照り映えていたのが、足もとにたっぷりと落葉の絨緞を敷き詰めたようになっている。

おかげで、野末は見晴らしがよくなって木々の根元まで陽が射すようになった。

「冬至」も先日二二日に済んで、一年中で一番昼が短く、夜が長い頃である。

「紅葉散る」というのが「冬」の季語である。
紅葉し、かつ散り始める晩秋から、紅葉散るの冬へ、季節は確実に動いてゆく。美しく散り敷くこともあり、土まみれになって貼りついていることもあり、
紅葉の在りようも、人生に似て、さまざまである。
『夫木和歌抄』に
　　秋暮れし紅葉の色に重ねても衣かへうき今日の空かな

という歌があるが、これは初冬の紅葉を詠ったものである。秋用の衣から、冬用の着物に「衣替え」するのも、憂いことである、と詠まれている。

昔の人は、こういう「痛ましい」感じのもの、「あわれ」の思いの強いものに拘ったのであった。

『古今集』に

山川に風のかけたるしがらみは流れもあへぬ紅葉なりけり　凡河内躬恒

という歌があるが、落葉となる紅葉のはかなさが中心のイメージと言える。

夕映に何の水輪や冬紅葉　渡辺水巴

冬紅葉冬のひかりをあつめけり　久保田万太郎

美しく老ゆるも死ぬも冬紅葉　松井草一路

などの句は「冬紅葉」という季語の名句といえるだろう。

以下、「紅葉散る」「木の葉」などの句を引いて終る。

紅葉散るや筧の中を水は行き　尾崎迷堂

尽大地燃ゆるがごとき散紅葉　赤星水竹居

紅葉散るしづけさに耳塞がれつ　岡田貞峰

今日ありてかたみに紅葉ちるを踏む　藤野基一

木の葉ふりやまずいそぐないそぐなよ　加藤楸邨

木の葉散るわれ生涯に何為せし　相馬遷子

夜の書庫にユトリロ返す雪明り　　安住敦

モーリス・ユトリロMaurice Utrilloは一八八三年十二月二六日にパリのモンマルトルに生まれた。母はスザーヌ・ヴァラドン、父のボァシヨーはアル中患者で、モーリスを認知しなかった。一八九一年、スペインの美術評論家ミゲル・ユトリロの養子となった。

その後、母の住んでいたモンマニーで学校教育を受け、ロラン・カレッジに学んだ。
十七、八歳の頃から飲酒癖が始まり、一九〇一年にはアル中症状を起こして医療を受けた。母は、その治療目的で彼に絵を描くことを教えた。初めは母の画風の影響を受け、その後ピサロのあとを追って印象画派に入った。
一九〇七年に彼のいわゆる「白の時代」が始まることになる。

サロン・ドートンヌに出品したのは一九〇九年が最初である。

年譜を見ると、その後、アルコール中毒症状で精神に錯乱をきたしたりして、精神病院に入れられたりして、その都度、母ヴァラドンは苦労したらしい。

五一歳のとき、リュシーという年上の裕福な未亡人と結婚したが、これも母の肝いりであるが、ユトリロは年上の妻を母のように慕い、酒に溺れることもなく、ひたすら絵を描いて、しかも絵は高い値で売れたので、心身ともに安定した。

レジオン・ドヌール勲章という最高の栄誉まで貰って一九五五年に亡くなったが、七二歳という、若い頃や中年のアル中の時期には考えられないような歳まで生きたのだった。

ユトリロの絵は、今でも結構人気があるらしい。

私はユトリロには詳しくないので、掲出した絵がどこの風景なのか判らないが、見えているのは、モンマルトルの「サクレクール」寺院ではなかろうか。とすれば、モンマルトル風景ということになる。

安住敦の句は、おそらく「ユトリロ画集」かなんかだろう、見ていた画集を書庫に仕舞いにゆく景だろう。

今日が彼・モーリス・ユトリロの誕生日ということなので、日付に合わせて載せてみた。

明治以後の「雪」を詠んだ句を引いて終わりたい。

舞ふ雪や一痕の星残しつつ　藤森成吉
降る雪や玉のごとくにランプ拭く　飯田蛇笏
外套の裏は緋なりき明治の雪　山口青邨
雪に来て美事な鳥のだまりゐる　原石鼎
落葉松はいつめざめても雪降りをり　加藤楸邨
みづからを問ひつめゐしが牡丹雪　上田五千石
馬の眼に遠き馬ゐて雪降れり　中条明
雪の水車ごつとんことりもう止むか　大野林火

牡丹雪その夜の妻のにほふかな　石田波郷
病む夫にはげしき雪を見せんとす　山口波津女
深雪に入る犬の垂れ乳紅きかな　原子公平
狂へるは世かはたわれか雪無限　目迫秩父
雪あかり胸にわきくるロシヤ文字　古沢太穂
雪国に子を生んでこの深まなざし　森澄雄
雪明りゆらりとむかし近づきぬ　堤白雨
雪片と耶蘇名ルカとを身に着けし　平畑静塔

一人退《の》き二人よりくる焚火かな　久保田万太郎

この頃では「焚火」も簡単には出来なくなってしまった。条例で「野焼き」が規制されているのに表れているように、ダイオキシン規制の影響でもあろうし、「火」を焚くことに世の中が神経質になっているからである。

「たきび」という童謡の風景は、今や死語と化してしまった。

この歌は、作詞は巽聖歌、作曲は渡辺茂。（今風の表記になっているので了承を）

　かきねの　かきねの　まがりかど
　たきびだ　たきびだ　おちばたき
「あたろうか」「あたろうよ」
　きたかぜぴいぷう　ふいている

　さざんか　さざんか　さいたみち
　たきびだ　たきびだ　おちばたき
「あたろうか」「あたろうよ」
　しもやけ　おててが　もうかゆい

こがらし　こがらし　さむいみち
たきびだ　たきびだ　おちばたき
「あたろうか」「あたろうよ」
そうだん　しながら　あるいてく

という唄などは、もはや郷愁の中の一風物となってしまったのである。

この童謡「焚き火」の作詞者・巽聖歌に因む土地として伝えられるのが、ここである。中野区上高田にある『たきび』の歌発祥の地。一般人の住居であるが、中野区による説明板がここの傍にある。歌詞冒頭の垣根の風情が現在も見ることができる。

当時、巽は東京都中野区上高田に在住していたが、自宅の近辺には樹齢三〇〇年を越す大きなケヤキが6本ある「ケヤキ屋敷」と呼ばれる家があった。その家にはケヤキの他にもカシやムクノキなどがあり、住人はその枯葉を畑の肥料にしたり、焚き火に使ったりしていた。「ケヤキ屋敷」の付近をよく散歩していた巽は、その風景をもとに詞を完成させた。

同年の九月に、「幼児の時間」のコーナーの「歌のおけいこ」十二月分で放送するために巽の詞に曲を付けて欲しいと、NHK東京放送局から渡辺のもとに依頼があった。詞を見て「ずっと捜し求めていた詞」だと感じた渡辺は、「かきねのかきねの」「たきびだたきびだ」などの繰り返す言葉を気に入り、詞を口ずさんでいるうちに自然にメロディが浮かび、十分ほどで五線譜に音符を書き込み完成させた。

今でも「行事」としての「どんど」「とんど」という大掛かりな焚火もあるが、これらは予め届け出て許可をもらったものである。

この唄にもある通り、「落葉焚き」というのは自然現象とは言え、降り積もる落葉という厄介ものを処分する良い方法だったのである。

この燃えた灰の中にサツマイモを入れて「焼き芋」にして、ほかほかの熱いのを食べるのは、冬の子供の楽しみのひとつだったのに。

古来、洋の東西を問わず、「火」というものは「穢れ」を浄化するものとして崇められてきた。

「那智の火祭り」などは、その一例である。

ヒンズー教や仏教における「火葬」の風習なども「穢れ」を浄化する意味以外の何ものでもない。

京都の夏を彩る「大文字の送り火」なども、そういう意味であり、それに「鎮魂」「魂送り」の意味も含まれる。

「火」はあたたかい。万物を焼き尽くすものでありながら、「冷たく」はない。

輪廻し転生する思想が「火」には含まれているのである。

「焚火」を詠んだ句も、古来たくさんある。それらを引いて終る。


焚火かなし消えんとすれば育てられ　　高浜虚子

燃えたけてほむらはなるる焚火かな　飯田蛇笏
離れとぶ焔や霧の夕焚火　原石鼎
夜焚火に金色の崖峙(そばた)てり　水原秋桜子
道暮れぬ焚火明りにあひしより　中村汀女
紙屑のピカソも燃ゆるわが焚火　山口青邨
とつぷりと後ろ暮れゐし焚火かな　松本たかし
ねむれねば真夜の焚火をとりかこむ　長谷川素逝
焚火火の粉吾の青春永きかな　中村草田男
隆々と一流木の焚火かな　西東三鬼
安達太郎の瑠璃襖なす焚火かな　加藤楸邨
若ものとみれば飛びつく焚火の秀　能村登四郎
夕焚火あな雪ぞ舞ひ初めにけり　石塚友二
わめきつつ海女は焚火に駈け寄りぬ　稲垣雪村
焚火中身を爆ぜ終るものあり　野沢節子
ひりひりと膚にし響かふ焚火かな　青木敏彦

降る雪や明治は遠くなりにけり　中村草田男

この句は草田男の数多い句の中でも、とりわけ有名な作品である。

今では作者名さえ知らずに、この句を口にしている人も多いだろう。

この句の由来は、昭和六年、草田男が二〇年ぶりに東京で小学校上級生当時通学した母校・青南小学校（東京、青山高樹町在住当時）を訪ね、往時を回想して作ったものという。

初案は「雪は降り」だった。

しかし、推敲された「降る雪や」の方が、ずっといい。

「雪は降り」では、雪の降る動きは示せても、下の句につながるだけで趣は出ない。

「降る雪や」と切れ字「や」と置いて、一旦ここで一拍おいたために、中7下5の叙述の印象が一段と深くなる作用をしている。

「降る雪や」という上句が「明治は遠く」という中七に、離れつつ大きく転じてゆくところに、この句の秘密というか工夫があり、有名になり過ぎたにもかかわらず、或るういういしい感慨の所在が紛れずに保たれているのも、その所為だろう。（昭和十一年刊『長子』所載）

「明治は遠く」に関していうと、句が作られたのが昭和六年ということは、大正十五年プラス五年（大正十五年と昭和元年は重なる）で、合計二〇年である。

「一昔」という年月の区切りはほぼ十年と言われているから、まさに「二昔」（ふたむかし）と言えるだろう。

今年、「令和元年」は、平成の年号が終ってほぼ三昔強になるので、この頃では「昭和は遠くなりにけり」などと言われるようになってきた。歳月の経つのは早いものである。

雪の降り方には、北と南では、全くちがうのである。

北国では西からの低気圧と寒気によって降雪が起こるのに対して、太平洋岸に雪が降るのは、俗に「台湾坊主」という低気圧が南岸を東進するときに、北から寒気が進入して雪を降らせるのである。

雪片も大きく、水分をたっぷり含んだ重い雪でベタ雪であって送電線などの倒壊などの被害をもたらす。そんな時期は真冬というより晩冬、春先に多い。二・二六事件の日の大雪などが、そうである。

日本の古来の美意識では「雪・月・花」と言って、文芸における三大季題となっている。

言うまでもないが「花」＝「桜」であることを指摘しておきたい。

そんな訳で「雪」を詠んだ句も多い。

馬をさへながむる雪の朝かな　芭蕉

市人よ此の笠売らう雪の傘　芭蕉

撓みては雪待つ竹のけしきかな　芭蕉

箱根越す人も有るらし今朝の雪　芭蕉

我がものとおもへばかろし笠の上　其角
下京や雪つむ上の夜の雨　凡兆
心からしなのの雪に降られけり　一茶
むまさうな雪がふうはりふはりかな　一茶
是がまあつひの栖か雪五尺　一茶
雪ちらりちらり見事な月夜かな　一茶

などの名句がある。明治以後の句は、また後日。

枯野起伏明日と云ふ語のかなしさよ　　加藤楸邨

「枯野」とは、草木の枯れた、蕭条とした野っぱらのことだが、場所や配合などによっては、さまざまな趣のものとなる。何となく、わびしい枯野の起伏を見ながら、楸邨は、ふと「明日」という言葉の持つ「かなしさ」を感じたのである。

「かなしさ」というのが、漢字でなく、ひらがなで書かれているところに句のふくらみがあるのである。つまり、「いとしい」の意味の「かなしさ」であり、「悲しさ」と同義ではないのである。

それが「自然」と「人事」との配合ということである。

同じ楸邨の句に

　わが垂るるふぐりに枯野重畳す

というのがある。

ふぐり（睾丸）というのは、青年、壮年の時期には、キリリと股の肌に張り付いているもので、だらりと垂れるという感じはしないが、老年期になると、だらりと垂れる感じになる。

楸邨は、そういう自分の身体的な衰えと枯野が重畳と連なる様を「配合」して一句に仕立て上げたのである。

　旅に病んで夢は枯野をかけ廻る　　松尾芭蕉

という「辞世」の句があるが、この句こそが枯野のイメージそのものだと言われている。いかにも一生を「漂泊」にかけた芭蕉ならではの句である。

この句などは「巨人」の句という感じで、われわれ下々の者が、あれこれ言うのは気が咎めるものである。

いずれにしろ、枯野のイメージというものは冬の季節とともに、日本人の精神性に大きな翳（かげ）を落としてきたと言えるだろう。

以下、枯野を詠んだ句を引く。

戸口までづいと枯れ込む野原かな　小林一茶
旅人の蜜柑くひ行く枯野かな　正岡子規
遠山に日の当りたる枯野かな　高浜虚子
吾が影の吹かれて長き枯野かな　夏目漱石
枯野はも縁の下までつづきをり　久保田万太郎
掌に枯野の低き日を愛づる　山口誓子
土堤を外れ枯野の犬となりゆけり　山口誓子
赤きもの甘きもの恋ひ枯野行く　中村草田男
また雨の枯野の音となりしかな　安住敦
大いなる枯野に堪へて画家ゐたり　大野林火

つひに吾も枯野の遠き樹となるか　野見山朱鳥
枯野ゆく人みなうしろ姿なり　石井几与子
いつ尽きし町ぞ枯野にふりかへり　木下夕爾
枯野行き橋渡りまた枯野行く　富安風生

もうすぐ、「年が改まる」。

楸邨の句ではないが、「明日」という言葉に込められた、さまざまな「かなしさ」＝愛しさ、いとしさ、哀しさ、を噛みしめて来年を迎えたい。

——巡礼の旅——（12）

シトー会修道院教会堂「プロヴァンスの三姉妹」

木村草弥

アヴィニョンから東へ五〇キロほど行くとセナンク修道院に着く。途中、別荘の多いなだらかな丘にのぼり、ゴルドの町を通る。まるでイタリアの丘の上の町のような印象だ。春には曲がりくねった露地の向こうに杏の花が咲き、夏には修道院を前にしてラヴェンダーの畑が広がり、谷一帯が匂い、強いプロヴァンスの光によって溢れている。まるで「幸福の谷」とでも呼びたいほどである。

十四世紀、アヴィニョンに教皇庁が出来たとき、教皇ベネディクトゥス十二世がシトー修道会出身であったため、この修道院の保護は厚かったという。

プロヴァンスの三姉妹（Trois sœurs provençales）とは、フランス南部のプロヴァンス地方にある三つのシトー会修道院教会堂の呼び名である。

十二世紀から十三世紀初頭にかけてほぼ同時期に建設された、マザン修道院の娘修道院としての二つの修道院、ル・トロネ修道院、セナンク修道院そしてシルヴァカンヌ修道院の三つをさしてプロヴァンスの三姉妹と呼ぶ。

この呼び名は一般的に、これら三つの修道院が「よく似ている」という説明として使用され、賛辞としてのニュアンスも含まれる。

一〇九八年、ロベール・ド・モレーヌがブルゴーニュのシトーに創建したシトー修道院は十二世紀以降急速に発展し、ヨーロッパ各地に支院（支部のこと）が創建されてゆく。

この支院のことを娘修道院と呼ぶ。

一一二〇年、ヴィヴァレ地方にマザン修道院が創建され、そのさらに娘修道院として「三姉妹」のル・トロネ修道院とセナンク修道院が創建されることになるが、十三世紀を頂点として、以降はヴァルド派の異端勢力やフランス革命の影響により衰退してゆくことになる。

シルヴァカンヌにいたっては革命後には農場になっているという有様であった。再発見されるのは十九世紀中ごろになってからのことである。

セナンクにはこの時期に一旦は修道士たちが戻ってきたが長続きはせず、現在のような現役の修道院となるのは二〇世紀に入ってからであった。

なお、二〇〇二年現在でも、母修道院であるマザン修道院だけは廃墟のままであり、二〇一三年現在で修道院として使用されているのはセナンク修道院だけである。

「三姉妹」という呼び名

最初にこれらの修道院に対して「三姉妹」という語が使われた時期は判明していないが、「研究対象として」最初に「三姉妹」の呼称を用いたのは再発見の時期、一八五二年である。

これは当時、ヴァール県の記念物監査官であったルイ・ロスタンがその報告書の中で使用した時が「三姉妹」の初出であり、現在でも一般的に使用されるようにその外見の類似性に力点を置いた記述であった。この呼び名であるが、観光ガイドや一般の解説書向けの「非専門家」用語として使われるケースが主であり、逆に現在の研究書や専門書ではあまり用いられないと指摘される。

まず「三姉妹」はそれぞれの大体の外見や寸法は確かに似ているものの、細部においてはむしろ差異のほうが多いからである。

とはいえ、シトー会修道院の建築には一定の様式的な統一性があることも確かである。母修道院のマザン修道院からル・トロネ、セナンクに受けつがれた側廊の傾斜尖頭トンネルヴォールトなど、たしかに類似性・影響はある。

あくまでもこの「プロヴァンスの三姉妹」という呼び名は「学術分野ではあまり使われない」、ということである。

フォントネーのシトー会修道院
——巡礼の旅——(17)

木村草弥

フォントネー修道院はブルゴーニュ地方コート＝ドール県モンバール市内にある修道院。

サン＝ベルナール渓谷とフォントネー川の合流点にあたる森の中で静かにたたずむ最古のシトー会修道院で、外観・内装とも華美な装飾性を一切排している。

フォントネー修道院は一一一八年にクレルヴォーのベルナルドゥスによって設立され、一一四七年にローマ教皇エウゲニウス三世によって聖別された。

教皇アレクサンデル三世は、一一七〇年の勅書において修道院の財産を確認し、修道士たちが選挙によって修道院長を選出することも許可した。

この頃に修道院では、近隣で採れる鉱物を用いた製鉄業や冶金業が発達した。

一二六九年には修道院は王国修道院（l'abbaye royale）となり、ジャン二世、シャルル八世、ルイ十二世らも寄進を継続した。

こうした王家の保護にもかかわらず、ブルゴーニュ地方を荒らした数度の戦乱の折には略奪の憂き目にも遭った。それでも十六世紀までは伸長する諸勢力から恩恵を受けつつ発展した。

しかし、王家の利益となるように修道院長選挙の廃止が強制されたことで、修道院の凋落が始まった。

十八世紀には、修道士たちは資金的な遣り繰りに窮し、食堂を取り壊さざるを得なかった。

そしてフランス革命中の一七九一年には、修道院は敷地ごとクロード・ユゴーに七八〇〇〇フランで売却され、以降一〇〇年ほどの間、製紙工場に転用されていた。

なお、一八二〇年に所有権はモンゴルフィエ兄弟の一族であるエリー・ド・モンゴルフィエに移った。

一九〇六年にはリヨンの銀行家で芸術愛好者だったエドゥアール・エイナールの手に渡った。

彼は一九一一年までかつての修道院の姿を取り戻させるべく修復工事を行い、製紙工場も解体した。

フォントネー修道院は現在でもエイナール家の私有物ではあるのだが、主要部分は観光客にも公開されている。

修道院付属教会は一一二七年から一一五〇年に十字形の設計に基づいて建築されたものである。

長さ六六メートル、幅八メートルで、翼廊は十九メートル。幅八メートルの身廊は両側に側廊を持っている。

拱廊（アーケード）はシトー会則をうっすらと刻んだレリーフの付いたランセオレ様式の柱頭を持つ柱に支えられている。

内陣は正方形で身廊よりも低い。中世には、正面入口はポーチに先行されていた。

内部では十二世紀の聖母子像が目を惹く。

これはもともと隣接するトゥイヨン村の墓地で長く野ざらしになっていたものである。

聖母は左手で幼子イエスを抱え、イエスは右手を母の首に回し、左手で翼を拡げた鳩を胸に押し抱いている。

教会参事会室は付属教会を別とすれば、修道院生活の中で最も重要なものである。ここではベネディクトゥスの戒律の一章を朗誦したあとに共同体に関する決定がなされた。この部屋は中庭回廊の東の通路に面している。もともとはオジーヴ穹窿をもつ三つの大きな梁間から形成されていたのだが、三つ目の梁間は一四五〇年頃の火災で焼失した。

なお、二十世紀初頭には参事会室と面会室（parloir）を仕切っていた隔壁が取り壊された。回廊東側通路の参事会室からさらに南（付属教会から見て遠い方）に足をのばすと、修道士部屋（Salle des moines）がある。

ここでは写本の作成などが行われていたと推測されている。この部屋の長さは三〇メートルで、六つの梁間を形成する十二のオジーヴ穹窿で覆われている。

修道士寝室は参事会室の二階にある。そこへ行くには二十段ほどの階段を使う。ここは十五世紀に火災に遭った後、現在の船体をひっくり返したような骨組みの部屋になった。

ベルナルドゥスの戒律は、個室を認めておらず、また、床に直にわら布団を敷いて寝る事を課した。

鍛冶場は敷地の南端に、オジーヴ穹窿に覆われた縦五三メートル、横三〇メートルの建物がある。これは十二世紀に修道院が保有する丘陵から採取される鉱石を利用するために建てられた。

フォントネー川の流れを変えて、槌を動かすための水車を回すようになっていた。

ここは深い森の泉のほとりにあるが、今も泉は絶えることなく溢れている。森の中の清明な空気と、湧き出る新鮮な泉は彼ら修道士の生活と精神を養い、活力を維持するのに必要だった。

水の便は常に重要視されるが、水は飲み水と同時に、水流によって鍛冶工場の作業の動力として必要だった。

しかも「泉」は、その本義上、絶えず新たにされる信仰の比喩である。

「フォントネー」とは「泉」フォンテーヌに語源を持ち、「泉に泳ぐ人」という意味である。身体論的にも清らかさを感じさせる。

ただ単に見物するだけでなく、こういうことにも意を尽くして見学したいものである。

ヴェズレー「サント・マドレーヌ聖堂」

――巡礼の旅――（19）

木村草弥

聖マドレーヌというのは「マグダラのマリア」のことである。

かつては娼婦であり、キリストの教えにより悔悛し、復活したキリストを最初に見た、という彼女の遺骨を納めているという。真偽のほどは置いておく。

人々がそれを信じたという事実が肝要なことなのである。

ここはスペイン西北端サンチアゴ・デ・コンポステーラへ続く大巡礼路の出発点のひとつであり、長い参道が修道院まで続く。

一一四六年には聖ベルナルドゥスが第二回十字軍を説いた場所でもある。西正面の外観は十九世紀の作なので大したものではない。

サント＝マドレーヌ大聖堂（Basilique Sainte-Madelaine）は、フランスの町ヴェズレーの中心的な丘の上にあるバシリカ式教会堂。この教会と丘は、一九七九年にユネスコの世界遺産に登録された（登録名は「ヴェズレーの教会と丘」）。

サンティアゴ・デ・コンポステーラの巡礼路の始点のひとつという歴史的重要性もさることながら、大聖堂のティンパヌムはロマネスク彫刻の傑作として知られている。

Wikipediaに載る記事を引いておく。

八六一年にヴェズレーの丘の上にベネディクト会士たちが建立した。

その際に、修道士の一人がマグダラのマリア（サント＝マドレーヌ）の聖遺物を持ち帰るためにプロヴァンス地方のサン＝マクシマンに派遣された。

八七八年には、この初期カロリング様式の教会は、ローマ教皇ヨハネス八世によって、現存する地下納骨堂ともどもマグダラのマリアに捧げられた。

ジョフロワ修道院長（l'abbé Geoffroy）はマグダラのマリアの聖遺物を公開し、それが様々な奇跡を起こしたとされる。

これによって、巡礼者が押し寄せ、ひいてはサンティアゴ・デ・コンポステーラの巡礼路に組み込まれることになったのである。

こうした評価は村を都市へと発展させる原動力となった。

巡礼者たちは引きもきらず、その中にはブルゴーニュ公ユーグ二世や、イングランド王リチャード一世（一一九〇年に第三回十字軍遠征に先立って）、フランス王ルイ九世なども含まれることとなる。

アルトー修道院長（l'abbé Artaud）は、一〇九六年から一一〇四年に内陣も翼廊も新築した。

ただし、この新築にかかる費用の負担に反発した住民たちが暴動を起こし（一一〇六年）、この時にアルトーは殺された。

なお、この時点では身廊はカロリング様式のままだったが、一一二七人の犠牲者を出した大火災に見舞われたことで、身廊も建て直された。

なお、今に残る正面扉上の美しいティンパヌムが彫られたのもこの頃のことである。

一一四六年の復活祭の日（三月三一日）に、クレルヴォーのベルナルドゥスは、丘の北斜面にて第二次十字軍を派遣すべきであると説いた。また、一一六六年にはカンタベリー大司教トマス・ベケットが、この教会で、イングランド王ヘンリー二世の破門を宣告した。

教会の人気は、一二七九年にヴェズレーへ持ち去られたはずの聖遺物と称するものがサン＝マクシマンで発見されたことで、凋落の一途をたどった。

この教会は一一六二年にはクリュニー修道院から分離し、オータン司教からフランス王の監督下に移っていたが、一二一七年にはフランシスコ会に引き取られ、一五三七年に還俗した。

一五六九年にはユグノーによる略奪を受けた。その後、一七九〇年にはフランス革命の中で小教区の一教会となった。この頃、教会参事会室だけは良好な状態で保たれた（現在も付属のチャペルとして残存している）ものの、ほかは建材調達のための石切り場と化し、自慢のティンパヌムも酷い有様だった。一八一九年にはサン＝ミシェル塔に落雷があった。

こうした度重なる損壊に対し、プロスペル・メリメの発案に従って、ウジェーヌ・ヴィオレ＝ル＝デュックに再建が委ねられた（一八四〇年）。

この再建工事は一八七六年に完成し、一九一二年に再び巡礼の拠点となった。

一連の教会群は、ヴェズレーのなだらかな丘の上に建っている。

だらだら坂の舗道に埋め込まれた巡礼路を示すホタテガイが特徴である。

サント・マドレーヌ聖堂のもう一つの見所は、一〇〇点にもおよぶ身廊（正面から内陣へと向かう東西に細長い空間）と側廊（身廊の左右にある通路）を仕切る柱にある柱頭彫刻である。

建築と調和したロマネスク彫刻はこの時代の美術を代表するもので、各地の文化的素地の多様性、人々の想像力の豊かさ、深い宗教精神を伝えているという。

柱頭彫刻はギリシャ時代からあったが、ギリシャのものは主に植物的な文様であり、物語的な柱頭彫刻はロマネスク芸術から始まったそうである。
一、二引いて解説してみよう。
エジプト人を殺すモーゼ
ダビデとゴリアテ
ダビデは植物の花弁にのっかかって切り込んでいる。これはダビデが小さい子供であることを強調している。ダビデが少年の頃に巨人戦士ゴリアテを倒す聖書物語は、信仰の厚いダビデの勇気と、神を嘲って武力に頼る暴虐なゴリアテの決闘の結末から、信仰の大切さを学ぶ教訓として語られる、欧米人にとってなじみの深い話だそうである。
「洗礼者志願室」入口上部のティンバヌム壁画
この壁画の主題は「使徒に布教の命令を伝えるキリスト」ということだが、中心にほぼ両手を広げたキリストが居て、その手の先から神の啓示である光線が出、それらを畏怖の念で受け取る使徒たちが取り巻く。

それらの使徒の下段と外側の半円には「地上」のローマ人、ユダヤ人、アラブ人、インド人、ギリシャ人、アルメニア人などが刻まれ、これらはすべて神の宇宙にある人間であり、キリスト教の「普遍性」を意味するという。

さらに、半円形壁画の外側は十二か月の仕事を具体的に描いている。

一月は農夫がパンを切り、二月は魚を食べ、三月は葡萄の木を手入れし、四月は木の芽で山羊を育てる。……九月は麦を櫃に入れ、十月は葡萄を収穫し、十一月は豚を殺し、十二月は男が肩に老婆を背負う。

この最後は「過ぎてゆく年月」を象徴する。したがって、これらは自然の一年の円環的構造と人間との関わりを示すとされる。

この自然の時間を基底としながらも、直線的なキリスト教的時間、すなわち前世の原罪、現世の贖罪、来世の救済が展開される。

昔は字を読めない人が大半であり、しかも時代は中世であり、終末思想が強かった時代であり、キリストに救済を求める気分が支配していた。

だから信者や修道士を脅し、戒めるような主題が柱頭に並んでいる。

ノートルダム＝ド＝ストラスブール大聖堂
——巡礼の旅——（21）

木村草弥

アルザス地方というのは、ドイツ領とフランス領に何度も支配の変更を繰り返してきた土地である。その中心地がストラスブールである。　この教会は、その街の象徴的な建物である。

「ノートルダム」とは「聖母マリア」のことであり、聖母マリア信仰の強いカトリック圏では、いたるところに同名の教会がある。


ノートルダム＝ド＝ストラスブール大聖堂（フランス語：Cathédrale Notre-Dame-de-Strasbourg、ドイツ語：Liebfrauenmünster zu Straßburg）は、フランスのストラスブールにあるカトリックの大聖堂である。その大部分はロマネスク建築だが、一般にゴシック建築の代表作とされている。主な建築者としてはエルヴィン・フォン・スタインベックがいる。一二七七年から一三一八年に死ぬまで建設に関わった。

高さ一四二メートルで、一六四七年から一八七四年まで世界一の高層建築だった。一八七四年にハンブルクの聖ニコライ教会に高さを追い抜かれた。現在は教会としては世界第六位の高さである。ヴィクトル・ユーゴーは「巨大で繊細な驚異」と評した。

アルザス平原のどこからでも見え、遠くはヴォージュ山脈やライン川の反対側にあるシュヴァルツヴァルトからも見える。

ヴォージュ産の砂岩を建材として使っており、それによって独特なピンク色を呈している。

ストラスブールがアルゲントラトゥムと呼ばれた時代にはこの場所に古代ローマの聖域があり、その後ストラスブール大聖堂が建設されるまでいくつかの宗教建築物が次々とここに建てられた。

七世紀にストラスブール教区の司教である聖アルボガストが、聖母マリアに捧げられた教会を元にして大聖堂を建設したことが知られているが、全く現存していない。

古い大聖堂の遺物は一九四八年と一九五六年の発掘で出土しており、四世紀末期から五世紀初頭のものとされている。これは現在の聖エティエンヌ教会の位置から出土した。

八世紀、最初の大聖堂はカール大帝の時代に完成したと推測されているより重要な建築物に置き換えられた。

司教レミギウス（レミ）は七七八年の遺言でその建物の地下霊廟に埋葬されることを望んでいる。八四二年のストラスブールの誓いがこの建物で結ばれたことは確実である。最近行われた発掘調査により、このカロリング朝の大聖堂には三つの身廊と三つのアプスがあったことが明らかになった。司教Rathoの詩によると、この大聖堂は金や宝石が装飾されていた。このバシリカはたびたび火事にみまわれた。

一〇一五年、司教 Werner von Habsburg がカロリング朝のバシリカの廃墟に新たな大聖堂の基礎となる最初の石を置いた。彼はロマネスク様式の大聖堂を建設した。この大聖堂は一一七六年、身廊の屋根が木製だったため火災で焼け落ちた。

この惨事の後、司教 Heinrich von Hasenburg はそのころちょうど完成したバーゼルの大聖堂よりも美しい大聖堂を建設することを決めた。

建設は既存の構造の基礎を利用して始まり、完成に百年ほどかかった。司教 Werner の建てた大聖堂の地下聖堂は焼け残っていたため、そのまま残し西側に拡張した。

サンローラン玄関にある東方三博士と聖母子像
建設はクワイヤと北の翼廊からロマネスク様式で始まり、記念碑的側面や高さの面で皇帝大聖堂と呼ばれる建物に着想を得ていた。しかし一二二五年、シャルトルから来たチームがゴシック建築の様式にすることを示唆し、建設方針が大転換された。身廊は既にロマネスク様式で建設が始まっていたが資金不足に陥ったため、教会は一二五三年に贖宥状を発行して資金を集め、この資金で建築家と石工を雇った。シャルトルのチームの影響は彫刻にも見られる。有名な「天使の柱 (Pilier des anges)」は南の翼廊の天文時計の隣にあり、最後の審判を柱で表現している。

ストラスブール市自体と同様、この大聖堂はドイツ風のミュンスターとフランス文化の影響を受ける一方、東側の構造（例えば、クワイヤや南の玄関）は特に窓よりも壁が強調されている点からロマネスク様式の特徴が色濃く残っている。

とりわけ数千の彫刻で装飾された西側のファサードはゴシック時代の傑作とされている。尖塔は当時最先端の技術を駆使したもので、石が高度に直線的に積まれ、最終的な見た目は一体となっている。それまでのファサードも確かに事前に設計した上で建設されたが、ストラスブール大聖堂のファサードは事前設計なしでは建設不可能だった。ケルン大聖堂と共に設計図を使った初期の建築物とされている。アイオワ大学の Robert O. Bork の研究によれば、ストラスブール大聖堂のファサードの設計はほとんど無作為にも思える複雑さだが、一連の八角形を回転させた図形を使って構成されていることを示唆した。

一四三九年に完成した尖塔は一六四七年(シュトラールズントのマリエン教会の尖塔が焼け落ちた年)から一八七四年（ハンブルクの聖ニコライ教会の尖塔が完成した年）まで世界一高い建築物だった。ファサードを対称にするためもう一つの尖塔が計画されていたが作られることはなく、独特な非対称の形状になった。見通しがきく場所なら三〇キロの距離から塔が見え、ヴォージュ山脈からシュヴァルツヴァルトまでライン川沿いで見える。塔は四角い柱体部分を Ulrich Ensingen、八角形の尖塔部分をケルンの Johannes Hültz が建設した。Ensingen は一三九九年から一四一九年、Hültz は一四一九年から一四三九年に建設を行った。

一五〇五年、建築家 Jakob von Landshut と彫刻家 Hans von Aachen が北の翼廊の外にあるサンローラン玄関（Portail Saint-Laurent）の修復を完了した。この部分はゴシック後期、ルネサンス前期の様式が目立つ。ストラスブール大聖堂の他の玄関と同様、設置されている彫像の多くはレプリカで、本物はルーヴル・ノートルダム美術館に移されている。

中世後期、ストラスブール市は大司教の支配を脱して自由化することに成功し、帝国自由都市となった。十五世紀は Johann Geiler Kaysersberg の説教と宗教改革の萌芽で彩られ、十六世紀にはジャン・カルヴァン、マルチン・ブーサー、ヤコブ・シュトゥルム・フォン・シュトゥルメックといった人物が活躍した。一五二四年、市議会はこの大聖堂をプロテスタントの手に委ねることを決定した。そのため聖像破壊運動の影響を受けて建物に損傷が生じた。一五三九年、文献上最古のクリスマスツリーがこの大聖堂に設置された。

一六八一年九月三〇日、ストラスブール市はルイ十四世の支配下に入り、同年十月二三日、王と領主司教 Franz Egon of Fürstenberg が出席して大聖堂でミサが行われた。これにより大聖堂はカトリックに戻され、対抗宗教改革で改訂された典礼に従って内装の再設計が行われた。一六八二年、一二五二年に設置された内陣障壁を取り払ってクワイヤを身廊に向かって拡張した。この内陣障壁の一部はルーヴル・ノートルダム美術館とクロイスターズ（メトロポリタン美術館の別館）に展示されている。主祭壇はルネサンス初期の彫刻だったが、同年取り壊された。その一部はルーヴル・ノートルダム美術館に展示されている。

一七四四年、Robert de Cotte の設計した丸いバロック様式の聖具保管室が北側の翼廊の北西に追加された。一七七二年から一七七八年にかけて、大聖堂の周囲に出店していた商店群を整理するため、大聖堂の周囲に初期ゴシック・リヴァイヴァル様式の回廊を建設した（一八四三年まで）。一七九四年四月、ストラスブール市を支配したアンラジェ（過激派）は、平等主義を損ねているという理由で尖塔を引き下ろすことを計画し始めた。しかし同年五月、市民が大聖堂の尖塔に巨大なブリキ製フリジア帽（アンラジェも被っていた自由の象徴）を被せたため、破壊を免れた。この人工物は歴史的コレクションとして保存されていたが、一八七〇年に完全に破壊された。ストラスブール包囲戦の際、プロイセン軍の放った砲弾が大聖堂に当たり尖塔の金属製十字が曲がった。また、クロッシングのドームにも穴が開いたが、後により雄大なロマネスク・リヴァイヴァル様式で再建された。

「ストラスブールの聖母」はクワイヤの窓になっている。

第二次世界大戦中、ストラスブール大聖堂は両陣営から象徴とみなされた。アドルフ・ヒトラーは一九四〇年六月二八日にストラスブールを訪問し、大聖堂を「ドイツ人民の国家的聖域」にしようとした。一九四一年三月一日、フィリップ・ルクレール将軍は「クフラの誓約」として「ストラスブール大聖堂の上に再び我々の美しい国旗がたなびくまで、決して武器を置かない」と誓った。また、ドイツ軍はストラスブール大聖堂のステンドグラスを七四枚取り外し、ドイツ本国のハイルブロン近郊の岩塩鉱山に隠した。戦後、アメリカ軍がこれを発見し、大聖堂に返還した。

大聖堂は一九四四年八月十一日のストラスブール中心部への英米軍の空襲で被害を被った。一九五六年、欧州評議会は Max Ingrand 作の有名なステンドグラス窓「ストラスブールの聖母」を大聖堂に寄付した。この戦争での損傷が完全に修復されたのは一九九〇年代初頭のことである。

巨大な建物を支える外側の「フライング・バットレス」が見られる。

——新・読書ノート——

金子敦・第六句集『シーグラス』　木村草弥

——ふらんす堂二〇二一・四・二一刊——

この本が贈呈されてきた。
金子氏とはＦＢ友である。二年ほど前に前句集『音符』のコピーを送ってもらって、その中から句を拾って私のブログの「月次掲示板」に載せて紹介してきた。
先ず金子敦氏の略歴を、この本から引いておく。

一九五九年十一月二九日　横浜市生まれ
中学生の頃より句作を始める
一九九六年　第一句集『猫』　上梓
一九九七年　第十一回俳壇賞　受賞
二〇〇四年　第二句集『砂糖壺』　上梓
二〇〇八年　第三句集『冬夕焼』　上梓
二〇一二年　第四句集『乗船券』　上梓

二〇一七年　第五句集『音符』上梓
「出航」会員
俳人協会会員

この本の「あとがき」に

〈**「新緑の光を弾く譜面台　金子敦」**という句が、東京書籍株式会社の中学校国語教科書『新しい国語』に採用されることに決まった。

二〇二一年四月から四年間にわたり掲載される予定。誠に光栄なことである。

それを記念して、同じ時期に句集を出しておきたいと思った。〉

と書いてある。おめでとうございます。今回も含めて句集を六冊も出して、句作に専念して来られた金子氏への「ご褒美」として心からの祝意を表しておく。

この本の「帯」文と「栞」は仲寒蟬の執筆で、「あとがき」にも、こう書いてある。

〈今回の栞文は、仲寒蟬さんに執筆していただいた。心のこもった鑑賞文を書いていただき、感謝の気持ちでいっぱいである。

この栞文があってこそ、この句集が成立したような気がする。〉

ご承知のように、仲寒蟬氏は、二〇〇五年、「小海線」五〇句で第五〇回角川俳句賞受賞。二〇一五年、第二句集『巨石文明』で芸術選奨新人賞を受賞。「港」「里」「群青」同人。長野県佐久市在住。佐久市立国保浅間総合病院勤務　という経歴の俳人である。

この「栞」文は、四ページにわたり、句の分類をしてあり、この句集三五〇句の中で「食べ物」七六(うち菓子二二)。「猫」十六。「絵画・彫刻　三一」などと詳細を極めている。掲句として二十三句が引かれている。

前書きは、このくらいにして本題に入りたい。

「帯」裏には「自選十句」が載っている。　引いてみよう。

初空へ龍のかたちの波しぶき
如月や一番星に薄荷の香
白猫のまばたきのごと梅ひらく
抱き上げて子猫こんなに軽いとは
紙皿の縁のさざなみ山桜
赤ん坊の髪のぽよぽよ桜餅
付箋貼り本の膨らむ良夜かな
寒月とチェロを背負って来る男
セーターの胸にトナカイ行進す
ホットワイン『Moon River』を聴きながら

お見事なものである。

こうして仲寒蟬氏の栞文と、作者の自選句とで、この本の要約は尽きているのだが、俳人でもない私の拙い鑑賞をやってみる。


題名の「シーグラス」とは、海岸に打ち寄せられたガラス片が、波にもまれて適度の丸みを帯びたものの謂いである。

それに因んだ句が「帯」にも載る

ゆく夏の光閉ぢ込めシーグラス

である。

この本は章建てはせず、二〇一六年〜二〇二〇年の年建てで編集されている。

この句は二〇一六年の章の中ほどに収録されている。

以下、私の目に止まった作品を抄出してみる。

二〇一六年

初空へ龍のかたちの波しぶき
円周率の数字の羅列鳥雲に
蟻の列マーブルチョコの赤運ぶ

点描画その一点より蚊の発ちぬ
夜汽車から蒼い水母が降りてくる
先をゆく猫ふり返る月の道
犬の尾のくるんと巻いてクリスマス

二〇一七年

上座へと運ぶ座椅子や福寿草
カタカナにひらがなのルビ桃の花
ドーナツも薬のひとつ春の風邪
青汁を一気に飲んで夏に入る
白南風や星の匂ひの貝拾ふ
石鹸に一条の罅遠き雷
ゆく年の餃子の襞の深さかな

二〇一八年

間仕切りの多きパレット囀れり
トーストに大盛りの餡山笑ふ

妖精はなべて透明フリージア
踏青やいつしかアビーロードまで
月涼し猫に小さき牙二本
ゲルニカの贋作十二月八日
おはじきに微かな網目春隣

二〇一九年

投げ売りの百科事典や冴え返る
げんげ田にトトロの眠りゐたる跡
朧夜にラー油を少し足してみる
パントマイムの透明な壁さくら散る
ポーの村よりやつて来る黒揚羽
ミルフィーユにあまたの層や冬銀河
オノマトペを考へながら落葉踏む

二〇二〇年

聖書開くやうに北窓開きけり

納豆の強靭な糸猫の恋
寒月へ若沖の象歩みゆく
道標は西へ傾き彼岸花
イカロスの翼を拾ふ月の浜
クレヨンのぽくんと折れて目借時
荒星を研ぐ白絹のやうな風

なるべく自選句や栞文に含まれないものを、と選んでみた。
一々評言は書かないが、抽出が一つの評だと思ってお許しいただきたい。
多くの句があるので秀句を見逃したかも知れない。
この本の中から、また佳句を私の「月次掲示板」に引いてくることになるだろう。
これからも益々のご健詠を。　ご恵贈ありがとうございました。　（完）

サンティアゴ・デ・コンポステーラ巡礼の道（1）　木村草弥

El Camino de Santiago de Compostela

——二〇〇八・五・一〇〜五・二二、十三日間（JTB旅物語）——

サンティアゴに掛ける私の想いについて

この旅は私にとっては、さまざまの想いが籠っている。

先ず、二〇〇八年の三月なかばに亡くなったフランス文学者の畏友・田辺保が、一九九二年に翻訳したアルフォンス・デュプロン『サンティャゴ巡礼の世界』（原書房）を呉れたこと。

その「偲ぶ会」が四月二七日に京都で行われ、多くの同僚や弟子たちが彼の偉業を語った。同級生の国語学者の玉村文郎が旧制中学校の頃から知りあっていたことなど家族ぐるみでの親密な交友ぶりを語ったが、心のこもった佳い話だった。

そして私が何度も、このルートを旅行社に申し込んだが催行されなかったこと。

妻が死んで、その鎮魂のために、ぜひ行きたいと念願していたこと、などである。

今回の旅はスペイン、ポルトガルを周遊するもので、巡礼の道は駆け足の旅だったが、こういう機会に便乗しておかないと、このルートだけの旅は仲々行けないのだった。

サンティアゴ・デ・コンポステーラ―日本語に訳せば「星の野原の聖ヤコブ」―

イベリア半島の西のはずれに位置する、この都市は、キリスト教の三大巡礼地の一つである。キリストの直弟子・十二使徒のひとり「聖ヤコブ」――スペイン語では「サンティアゴ」と呼ぶ――の遺骸が眠る地である。最盛期には年間五〇万人もの人々が、ヨーロッパ中から、この地をめざした。

標題の「El Camino」とは「道」の意味である。「El」はスペイン語の「定冠詞」。

伝説によれば、スペインで布教した聖ヤコブはBC四四年頃、エルサレムに戻って殉死した。が、その遺骸は舟に乗せられ、風まかせの漂流の末、スペインのガリシア地方に流れ着いたという。そして長い年月を経た九世紀のはじめになって、なんと、この地で聖ヤコブの墓が「発見」されたのだ。

当時イベリア半島の大半はムーア人――イスラム勢力に占拠されていたが、キリスト教世界は、この墓の発見によって俄然色めきたち、イスラム勢への「橋頭堡」を確保する「反攻」レコンキスタに立ち上がる契機となった。

以来、巡礼路はめざましい発展を遂げることとなった。

この巡礼道の要所要所に掲げられているホタテ貝を図像化した標識がある。

私が買ってきたものはマグネット付きになっている。

田辺たちが共同で翻訳し、田辺が監修したデュプロンの本については、この後、折に触れて、この本を引用することになる。

デュプロンはソルボンヌ大学名誉学長、高等研究学院長という経歴を持つ人であり、この本も学術的な内容の本で万人向きのやさしい本ではない。

この順礼ルートについては日本でも本が出ていて読むことが出来る。

小谷明　粟津則雄『スペイン巡礼の道』（一九八五年新潮社とんぼの本）

檀ふみ他『サンティアゴ巡礼の道』（二〇〇二年新潮社とんぼの本）

などは写真が一杯で読みやすいものである。

数年前に全世界で一千万部も売れ、読書界で話題になったベストセラー小説『アルケミスト』の著者であるブラジル人作家パウロ・コエーリョと檀ふみとの道中記は面白い。

この巡礼の道中に巡礼者がリュックなどにぶら下げる「目印」の「帆立貝」がある。

これらの謂れについても聖地に辿りつく頃に詳しく書きたい。

書き遅れたが、私たちの旅の同行者は総勢二九名で、利用する飛行機は関西空港発のKLMオランダ航空便で飛行時間十一時間で速い。アムステルダム・スキポール空港乗り継ぎでKL便でマドリッドに向かう。ここアムスでEUに入国することになる。手荷物、身体検査は厳重で、私は肌着一枚まで脱がされる。現地時間二〇・三〇マドリッド着。

明日以降、旅の行程ごとに書いてゆきたい。

サンティアゴ・デ・コンポステーラ巡礼の道――（2）　木村草弥

旅はマドリッドから始まった（1）――プラド美術館

前回のときはマドリッドには丸一日いたが、今回は昼食後までの半日である。なんともあわただしい旅である。

この記事は日程を忠実に辿るとは限らないので念のため。

ホテル・コンベンシオンを出て、先ず最初に「プラド美術館」に入る。

私たちの宿泊したホテルは、広大なレティーロ公園の東にあるが、この美術館も公園の西側に隣接して建っているのだった。

ここには前に二回来ているが、そのたびに整備されている。

入場は、昨年夏に拡張工事が完成した新館の入口から入る。

ここには広いミュージアム・ショップもあり美術館関連のものが買える。私はカレンダーなど買った。

目下、ゴヤ展の開催中のようであった。

ここの目玉は「エル・グレコ」「ゴヤ」「ベラスケス」の三人の画家の作品が見ものである。

グレコでは「胸に手を置く騎士」「受胎告知」「羊飼いの礼拝」などが有名。

ゴヤでは「裸のマハ」のシリーズ。「着衣のマハ」は外国へ貸し出し中で無かった。

ここで「裸のマハ」についての薀蓄を少し。

ゴヤは五〇歳にして「スペインの新しいヴィーナス」と謳われたアルバ公爵夫人との恋に落ちた。公爵夫人は惜しげもなくゴヤに裸身をさらして「裸のマハ」を描かせたが、スキャンダルを恐れたゴヤは、裸の夫人に服をまとわせた同構図で同寸法の作品を描いて、客が来るとこの「着衣のマハ」で「裸」を覆い隠したと伝えられる。

しかし、今日では、モデルは宰相マヌエル・ゴドイの愛人ペピータ・トゥドーであるとする説が有力で、このアルバ公爵夫人説を主張する人はほとんど居ない。

それは、これらの二点の「マハ」が一八〇八年にゴドイのコレクションの中から発見され、しかも一八〇〇年にゴドイの邸で「裸のマハ」を見たという記録まで現れたからである。アルバ夫人は一八〇二年に謎の急死を遂げているが、天衣無縫な性格の持ち主だったらしい。

一般にゴヤの肖像画は、モデルに対する画家の関心の強弱によって質を大きく異にする。「裸のマハ」のコケティッシュで挑発的な肢体と表情を見れば、ゴヤとこのモデルが特殊な関係にあったことは十分に察せられる。技法からみて「裸」は一七九五年頃に描かれたものと推定されるが、まさにその頃にゴヤと公爵夫人との愛は頂点に達していたのである。「マハ」をめぐる問題は、いまだすべてが解明された訳ではないのである。

「プリンシペ・ピオの丘での暗殺」の絵も有名で、ナポレオン軍に対する前日の蜂起と、翌日の市民殺害の絵は迫真的で、銃殺される恐怖におののく「手を上げた」犠牲になる市民兵の表情が印象的。ベラスケスでは「ラス・メニーニャス」「マルガリータ皇女」などの作品が有名。

今回も現地ガイドが詳しい説明をしてくれた。

これらについては、一般的な美術書にも詳しく書いてある。

なお、中丸明『絵画で読む　グレコのスペイン』（一九九九年新潮社刊）という本が独自の視点で、面白く書いている。一度トライしてみられよ。

なお今回は立ち寄らなかったが、プラド美術館から歩いても数分のところにある「国立ソフィア王妃芸術センター」には、ピカソの有名な「ゲルニカ」の絵が常設展示されている。現代アートの展示に特化している。ピカソ、ダリ、ミロなど。

ここは一九九二年に開設されたもので、私が前回来たときは他の場所で「ゲルニカ」を見た。

ＭＵＳＥＯ　ｄｅｌ　ＪＡＭＯＮ
昼前に美術館を出て、王宮近くの「ＭＵＳＥＯ　ｄｅｌ　ＪＡＭＯＮ」（ムゼオ・デル・ハモンと発音する）というハム・ソーセージの専門店付属のレストランで昼食。

メイン料理は「コシード」という豆と肉の煮込料理である。

イベリア半島では、日常の食事に「豆」をよく使う。

京都ならば「おばんざい」というところであろうか。

この店の内部には多くのハム、ソーセージの製品が天井に至るまで、ぎっしりと飾られて市民たちで満員であった。

「イベリコ豚」という黒褐色の小型の豚がスペインの名産で、秋になって牧草が無くなると「ドングリ」の実を食べさせるという。

このイベリコ豚の「生ハム」というのは高価で、少し塩味が利いているが、おいしいものである。

ポルトガル国境の辺りが産地と聞いてバスの車窓から、あれがイベリコ豚と添乗員が説明してくれた。

サンティアゴ・デ・コンポステーラ巡礼の道（3）　木村草弥

昼食後の自由時間を利用して「王宮」の写真などを撮りにゆく。

国王は、ここには住んでいない。

今の国王はフランコ独裁政権が無くなってから王制に復帰して「国家元首」になられたのだが、平素は質素な生活をされており、別の場所で静かに暮しておられるという。

前回来たときは王宮の中にも入り自由に見学したが、大広間なども何もなくがらんとした単純な広い空間だった。今は内部に入れるのか、調度品や装飾なども追加されたか、など判らない。

王宮前の広場にはたくさんの椅子が用意され、軍隊か何かの軍楽隊が演奏の用意をしていた。

撮ってきた写真もあるが省略する。

王宮の前庭に隣接するのが「スペイン広場」である。

スペイン広場の名前のつくものは各地にあるが、ここマドリッドにあるのが、その本家である。

ここにはスペインの誇る物語作家・セルバンテスの大きな坐像と、その物語・ドンキホーテと従者・

サンチョ・パンサの像がある。

像の背後に大きなビルが写るが「スペインビル」と称されるもの。最近のものではなく、いつのものかは知らぬが、二〇年まえからあった。

この広場の別の一角には、これもスペインの誇りとする「ゴヤ」の銅像が建っている。

今回のマドリッド観光は、これでおしまいである。

マドリッド観光としては、マドリッドを東西に貫く大通り「グラン・ヴイア」を欠くことは出来ないだろう。

また「マヨール広場」という市民生活の舞台となったところなども見ておく必要がある。ここは一六一九年に五階建ての集合住宅に囲まれた広場として建設。南北九四メートル、東西一二二メートルの広場では、かつて王室の儀式や祭り、闘牛などのイベントなどだけではなく、異端者の焚刑なども行われたという。今の建物は三度の火災を経て、一八五三年に四階建てとして建てられたもの。回廊ふうの建物の一回にはみやげ物屋や飲食店などがあり、ここの散策も趣きがある。前回にはゆっくりと堪能した。

私たちは、マドリッドを出て、一路、郊外の「セゴビア」に向かう。

サンティアゴ・デ・コンポステーラ巡礼の道（4）

木村草弥

セゴビア……ディズニー「白雪姫」の構想のモデル
マドリッドから峠を越えると一時間ほどで郊外の「セゴビア」に着く。

ここは海抜一千メートルあるというが、マドリッドがすでに海抜数百メートルの高地にあるから、峠をひとつ越えたところである。現在は高速道路で楽々と到着するが、前は、くねった道がひとつで、前回行ったときは冬で雪が積もっていて交通停滞で難儀したことを憶えている。

「サン・エステバン教会」で、この近くにバスを停めて、あとは徒歩である。この教会は外観のみだが、十三世紀に建てられた後期ロマネスク様式。高さ六三メートル、六層に積み上げられた鐘楼が有名で「ビザンチン様式の塔の女王」と称されるという。回廊との調和も美しい。

二つの川——エレスマ川とクラモレス川に挟まれた高台のセゴビアの町は、一見して「トレド」とそっくりの形をなしていて、三方を川が防御する天然の要害となっているところ。現地ガイドも、そのような説明をした。

その町の中に、このカテドラルはある。

ゴシック様式のカテドラルとしては最も新しく、十八世紀後半に完成した。

内部に入って、たくさん写真を撮ったが高いところにあるステンドグラスなどは鮮明に撮れなかった。

ここで「カテドラル」という呼び方について、一言ご注意を申し上げておく。

「カテドラル」というのは、単に大きな立派な寺院を言うのではなく、カトリック寺院の中でも「主教座」として、管区を統べる「主教」さんが駐在した寺院に限って称することが出来るのである。

それ以外の寺院は、たとえ大きくも「バジリカ」のように呼ぶのが正式であるから、念のため。

これはカトリックのみの呼称であって、新教（プロテスタント）には、こういう呼び方はない。ガイドなんかでも出鱈目な説明をする人が居る。


ウォルト・ディズニーの映画「白雪姫」モデルのアルカサール
前回はここにも立ち寄ったが、今回は、ここをよく見はらせる丘から「遠望」するだけであった。

何とも、つまらない、あわだたしさである。

この城はディズニーの構想のモデルになったというだけで、このお城の話ではないから念のため。

なお「アルカサール」とは「城砦」の意味であり、英語のキャッスルと語源を同じくするもの。

ここセゴビアのアルカサールは、切り立った崖の上に建つ優雅な古城。

十二世紀にアルフォンソ八世が築城して以来、増改築を繰り返し、一九四〇年に現在の姿に。

展望台からは市街を一望できる。

セゴビアのローマ水道橋
あちこちに水道橋はあるけれど、ここほど完全に大きく残っているのは数少ない。

世界遺産に指定されている。一世紀後半に建てられたもので、全長七二八メヘトル、最も高い部分はアソゲホ広場横で約二九メートルある。

私の撮った写真の左端に少し写っているが、メリーゴーラウンドなども設置されていて遊園地気分になる。

接合剤を一切使わず、花崗岩のブロックを積み上げるだけで造られた、二段式の巨大な遺跡だ。以前は他の地点にバスを停めて見物したが、車の振動などで橋が傷むというので、今は近くには車で行くことを禁止している。

セゴビアを出て一路、今夜宿泊のホテル、「コルテス・デ・レオン」に向かう。写真⑤がそのホテル。市街地ではなく、郊外の国道沿いにある。市街地にないので夜の外出も出来ないので、気を利かしたのかワインや水などが無料でテーブルに置かれる。みんなご機嫌で酔っ払う。なかなかいいホテル。

このレオンの町の辺りから、いよいよ「サンティアゴ」への巡礼路が始まる。

この途上の路傍の原っぱには、ところどころ「ヒナゲシ」が群落を作って咲いていた。

日本では栽培種の色とりどりのポピーがあるが、ヨーロッパの原野に咲くのは、もっぱら濃い朱色の花である。

よく知られているが、与謝野晶子の歌

ああ皐月仏蘭西の野は火の色す君は雛罌粟（コクリコ）われも雛罌粟（コクリコ）

のようにフランス語では、この花を「コクリコ」と呼ぶ。スペイン語では「アマポーラ」と呼ぶ。アマポーラという題名の歌がいくつかあり、よく知られている。

セゴビアとレオン間約四〇〇㎞。

近道をしようとバスの運転手が脇道に入るが、高速道路に入る入口を見失い、また道を戻り時間を空費する。この辺のところが、いかにもスペイン人らしい。

こういう経験は、前に私が来たときにもあって、ポルトガルからスペインに入る道を見失い、運転手が路傍の人に道を聞く、ということがあった。

スペイン人に限らず、こちらの運転手は事前に地図で確認するということをしない。

昔、イギリスのスコットランドのエジンバラ郊外でも、運転手が道に迷って土地の人に聞くというハプニングがあった。いずれも日本とは、国民性の違いである。

サンティアゴ・デ・コンポステーラ巡礼の道（5）　木村草弥

レコンキスタ発祥の地――オビエド

オビエドは、今の巡礼路の主流からは逸れるけれども、かつては重要な役割を果たして来た。

このレオンから北へ逸れる。

北はカンタブリア海、南はタブリカ山脈に面したアストゥリアス地方の中心都市。八～一〇世紀には、レオンに遷都されるまでアストゥリアス王国の首都としての役割を果たした。この地方はレコンキスタ発祥の地としても有名で、中でもオビエドは、その中心であったから、サンタ・マリア・デル・ナランコ教会など、その時代に建てられた特有の建築様式をもつ周辺の建物とともに、街自体も世界遺産に登録されている。

かつてのレオン王国の首都――レオンはサンティアゴ巡礼路の半ば――レオン（1）

レオンはローマ遺跡の上に築かれた。かつてのレオン王国の首都。

ここレオンからサンティアゴまで残り三三六㎞と巡礼の本には書いてある。行程の半ば過ぎというところであろうか。

この街の見学は中心部のサント・ドミンゴ広場から始まった。

この広場に面して、アントニオ・ガウディが一八九二～九三年に建てたカサ・デ・ボティネスという建物がある。現在は銀行として使われているが尖塔などにガウディらしい特徴が表われている。

建物の前にはガウディがベンチに座っているオブジェがある。

レグラ広場に面して建つカテドラルは十三～十四世紀に建てられたものである。

巡礼たちは、正面扉口中央に立つ白いサンタ・マリアの像に癒される。

カトリック圏では、いたるところに聖母マリアが居るが、特に、ここスペインは「マリア信仰」が盛んであることで有名。この像は「白いヴァージン」と呼ばれている。

街の中心部にあるカテドラル——大聖堂は、スペイン国内でも最も純粋なゴシック建築のひとつ。堂内のステンドグラスは圧巻である。私も何枚も写真に撮ったが、窓は高く、堂内は薄暗いので鮮明なものは撮れなかった。

一番はじめの回に書いた、檀ふみ他の『サンティアゴ巡礼の道』には野中昭夫撮影による鮮明な写真がある。

この円柱には巡礼者たちがキスをしたり、帆立貝をこすりつけたり、というわけで、無数の傷跡が残っている。道中の安全を願い、マリア像に祈りを捧げていくのだった。

ここを出て数キロ先の丘の上から振り返ると、眼下に大都市レオンの町並みが望めるという。

その前にわれわれはカテドラルから程近い同じく旧市街にある「聖イシドロ」教会を見学。

われわれは行かなかったが、巡礼者たちは病に冒されたりしてベルネスガ川沿いにあるサン・マルコス救護院に向かっただろう。川沿いに教会、女子修道院を連ねた、その建物は壮大なルネッサンス様式のファサードを持つもので、救護を乞う巡礼者たちには、さぞ頼もしい存在だったろう。

現在は世界に誇る、教会、博物館つきの豪華なパラドールとなっているのは何とも皮肉なことである。

川に架かるベルネスガ橋を渡って巡礼者たちが向かうのは次のアストルガである。

レオンの街は現在、人口十三万人余の中核都市としてある。

私の記事は、レオン（2）につづく。

サンティアゴ・デ・コンポステーラ巡礼の道（6）　木村草弥

レオン（2）――サン・イシドロ教会のロマネスクの穹窿天井画が見ものである。

このところは王や王妃の墓室だが、そこに描かれている彩色画は「サン・イシドロの魂が燃えている」と評した人があるらしい。十二世紀頃の中世人の理解したキリスト信仰の物語である。

レオン――遍路宿
レオンに辿りついた巡礼者たちが、格安の実費で泊れる、いわゆる「遍路宿」と呼べるものがある。

この建物には「SANTA MARIA DE CARBAJAL」と書かれている。

CARBAJALの意味が判らないが、さすがにSANTA MARIA と謳ってあるところが巡礼者にとっての「避難所」という感じがする。

ここを曲がって中庭のようになったところの二階の通ずる階段に人々が列を作って並んでいた。この中庭の周囲に遍路の泊まる部屋があるようであった。

巡礼の旅で疲れた身体を、こうした立派な施設で一夜か二夜か知らないが、休めるというのは幸運だろう。だから午前中から、こうして順番を待つのである。

この列の中ほどに居る人が東京から遍路に来ているという「萩原さん」とか聞いた。

みんな口々に声をかけて話しを聞いていたようである。

遍路をする人には、そんなに高齢の人は居なくて、せいぜい六十代前半のようであった。誰かが外人の年齢を聞いて、たしか六十歳とかいう返事が聞こえたので、私が進み出て、自分の鼻を指さしながら「I　am　78years　old」と言うと、おう、というような返事が返ってきて、私は、その外人と握手した。それは階段の人につづいて、下に列を作っていた人たちである。

その際にガイドが巡礼の「スタンプ帖」を見せてくれと頼んで、巡礼者の誰かが開いて見せてくれた。四国遍路の集印帖とは、また違って、これはこれで色とりどりの美しい集印帖であった。

因みに、遍路の資料によると、これらの集印は「歩き遍路」で一〇〇km、「自転車を使った遍路」で二〇〇kmの距離があれば、終着点のサンティアゴで証明書を呉れる、ということである。

見せてもらったスタンプ帖には、ほぼ三〇を越す印が押されているようであった。

なお、巡礼路にはイタリアから来るルートやフランスからピレネーを越えて来るルートがある。いずれも千数百キロメートルあろうか。

全部を歩き通す人も多いらしい。

帆立貝の案内標識
レオンの街の舗道や石畳には、真鍮製の「帆立貝」の標識が埋められていて、これを辿るとサン・イシドロ教会やカテドラルに行けるようになっている。人の靴で踏まれて、ピカピカに光っていた。

街中は、人に聞けるからよいが、田舎に出ると、在来の「遍路道」が高速道路で分断されたりして判りにくいので、さまざまの標識が立てられている。それらは後日お見せしたい。

レオンの観光を終って、カテドラル近くの、その名も「バール・レストラン・カテドラル」というところで「ガリシア風たこ料理」なるものを昼食に食べる。

サンティアゴ・デ・コンポステーラ巡礼の道（7）　木村草弥

ルーゴ――ローマ時代の城壁の旧市街

レオンからサンティアゴに行く前に「ルーゴ」Ｌｕｇｏの街に寄る。

ルーゴは城壁の街である。

地図を見ると、レオンから三〇〇㎞くらいありそうで、もう「ガリシア地方」に入っている。

持参したガイドブックによると、ここは二〇〇〇年に世界遺産に登録されたという記事はあるが、肝心の街の項目は全く載せていない。その城壁で、街をぐるりと囲んでいる。この城壁の中が旧市街で、城壁に隣接する商店などは、この城壁をうまく壁に取り込んで建てている。ここでは教会にも入ったので、またバスの乗り降りをした広い「バスターミナル」があり、この地方の田舎へ行く発着点らしかった。ここでトイレなどを借りた。

ここを出たあとは一路、サンティアゴへ向かう。

サンティアゴ巡礼路の標識
サンティアゴに近づくにつれて、通過する道路ぎわに、放射状の図案の「帆立貝」を模した標識が巡礼路を示して立っている。

私が、この紀行文の一番はじめのところに載せた標識である。

先にも書いた通り、巡礼路は、高速道路などの建設により分断されており、それらとの分岐点に立てられるのが多いようだ。

これらの様子は、日本の四国遍路と似ていると言える。

この辺りは山越えの地域に入ったようで、険しくはないが、山地で、平野の景色とは一変する。


なぜ人々は歩くのか？

それは、ここサンティアゴ・デ・コンポステーラにおいては敬虔なキリスト者としての祈りが基底としてあろうが、洋の東西を問わず、現代人にとっては、そういう信仰心、宗教心ばかりとは言えないだろう。

檀ふみの『サンティアゴ巡礼の道』の中で、彼女と同行したブラジル人作家パウロ・コエーリョは

「巡礼とは、生まれ変わること。今までの自分を捨てることなんだ。
この道を歩いて、あなたもまた、新しい自分を見つけてほしい」と言う。
コエーリョには『星の巡礼』という本もある。この本こそ、彼の作家デビューを果たしたものである。

同じような「問いかけ」を日本でもするのである。

私の尊敬する短歌の先生である玉井清弘氏が昨年ご自身の「四国歩き遍路」のことを書いた『時計回りの遊行—歌人のゆく四国遍路』（本阿弥書店刊）（原文は「四国新聞」に週一回、平成十七年一月〜十八年十二月に連載されたもの）を上梓されたが、その中でも同様のことを書いておられる。

「なぜ遍路に出ようとしたのか、……歩くことによって自分の中にどのような想念が去来するのか見つめたい思いが強まっていた。……老いの入り口を迎えて、じっくりと自己と向き合ってみたかったのである。」

なぜ「帆立貝」なのか？

ものの本によると、ヤコブの遺体とともにスペインのガリシア海岸に漂着した弟子たちが「男の幻影を見た。男は波間から馬に乗って現れ、全身はびっしりとホタテ貝に覆われていた」からという。
しかし、巡礼のシンボルとして、帆立貝は美しいし、よく目立つ。

昔は、つば広の帽子に、長いマント、そして水筒がわりのヒョウタンが結ばれた杖。マントの肩口に、白い帆立貝が揺れていれば、それはサンティアゴへ向かう巡礼を現し、いわば制服であった。今も巡礼たちは帆立貝を身につけている。リュックにくくりつけたり、首からぶら下げたりしている。フランスでは帆立貝料理のことを「コキーユ・ド・サン・ジャック」と呼ぶのも、これに因んでいるのである。

聖ヤコブは、また、「サンティアゴ・マタモロス（ムーア人殺しの聖ヤコブ）」という物騒な異名を持つが、これは八四四年、クラビーホでのイスラム教徒との死闘を繰り広げていたとき、白馬に乗ったサンティアゴが忽然と現れキリスト教軍を勝利に導いたという伝説があるからである。

歓喜の丘――ゴゾの丘から夕陽のサンティアゴを望む

長いバスの旅の後、ようやくサンティアゴの街と聖堂の三本の尖塔を望む「ゴゾの丘」に立つ。ここは長旅をしてきた巡礼者たちが、ようやく辿り着いたかと、「歓喜の涙」にくれたということから「歓喜の丘」と呼ばれている。

私たちの着いたときもサマータイムを採用しているとは言え、スペインの西の端とは言え、さすがに西日も傾いて夕陽になっていた。

遠望するサンティアゴの街も、夕陽の中にあった。

丘の上に建つ銅像には、二人の巡礼者が、先に書いたような伝統的な遍路衣装に身を包み、右手をあげて、サンティアゴの聖堂に向かって、まさに「ついに着いた」という歓喜の姿が刻まれている。標識には「MONTE DO GOZO」と書かれている。

私の想像では、この丘に立つと、直下にサンティアゴの街が見えるのかと思っていたが、実際には、街はまだ遥か彼方である。

しかし、長旅をしてきた巡礼者にとっては、そんなことは、とりたてて遠くはなく、まぢかの風景なのであったろう。

今夜はサンティアゴのホテル・コングレソ泊りで、いよいよ明日はサンティアゴ大聖堂を見学することになる。

サンティアゴ・デ・コンポステーラ巡礼の道（8）　木村草弥

サンティアゴ・デ・コンポステーラ大聖堂（1）
私たちの着いた日は五月十三日であり、この日は「ファティマの聖母」の日として、ポルトガルから参詣団が来ているとかで大変混んでいた。
ファティマの聖母（Fátima）は、カトリック教会が公認している、ポルトガルの小さな町ファティマでの聖母の出現譚の一つ。
一九一六年春頃、「平和の天使」と名乗る少年がファティマに住む三人の子供（ルシア、ジャシンタ、フランシスコ）の前に現れ、祈りのことばと額が地につくように身をかがめる祈り方を教えた。その後も天使の訪問は続いた。

一九一七年五月十三日、ファティマの三人の子供たちの前に謎の婦人が現れ、毎月十三日に同じ場所へ会いに来るように命じた。子供たちは様々な妨害にあいながらも聖母マリアと名乗る婦人に会い続け、婦人から様々なメッセージを託された。

婦人からのメッセージは大きく三つあった。

①悪魔と地獄の現存：多くの人々が悪魔によって地獄へ導かれている。七つの大罪などの罪、特に肉欲の罪から回心しないままでいることにより人は地獄へ行く。ここには、悪魔の所作が働いている。対処は悪魔払い参照。

②人類の危機：全人類の大半を数分のうちに滅ぼす武器が戦争で使用されることによって、人類が瞬時に滅ぼされる可能性の伝達。

③教皇暗殺の危機：一九八一年五月十三日の事件をヨハネ・パウロ二世は、東欧の政権による暗殺未遂と発表している。

ポルトガルのファティマから来た少年少女を主体とする参詣団は、みな赤い上っぱりやネッカチーフをしている。

礼拝が始まると、彼らは内陣で祝福を受けていた。

私たちも聖堂の中に入り、ごったがえす人並みにもまれながら、内陣奥に鎮座する本尊の「サンティアゴ」像の裏側に廻り、像に触れて祝福と加護を願ったものである。

栄光の門――サンティアゴが座る大理石の円柱

ここについた巡礼者は、はるばると旅してきた苦労を思い出し、万感の想いをこめて、この柱の下部の聖ヤコブの「顔」に右手をつき、下の怪物の開く口に左手を差し入れて感慨にひたる、というのが解説書の常識だったが、つい先月から、その基礎部分は太い鉄柵で厳重にガードされ、触れないようになっていた。傷みがひどいのであろう。

聖堂と言えども、押し寄せる人並みには勝てないのである。

七月二五日がサンティアゴの祭日である。

大聖堂は信徒で埋まることであろう。カトリックの儀式は長年の伝統によって、華麗に、厳粛に、敬虔に演出されるから、さぞや見事なものであろう。

私たちも「ファティマの聖母」の日に遭遇して、それと同じような経験をさせてもらうことが出来たのであった。

その後、私たちは現地ガイドに導かれるままに、堂内を辿り、内陣奥に鎮座する本尊のサンティアゴ像の裏側に廻り込み、一人づつ狭いところを通ってサンティアゴ像の背中に触れ、キスをして、祝福と加護を願ったのであった。

一旦、集団行動としては解散したあとミサの時間に合わせて各自で、その様子を拝観することになる。

その様子などは、サンティアゴ・デ・コンポステーラ聖堂―（2）で詳しく書くことにする。

サンティアゴ・デ・コンポステーラ巡礼の道（9）　木村草弥

サンティアゴ大聖堂（2）ファティマのミサ
自由行動から堂内に戻ってみると内陣の周りには十重二十重に人波が取り囲んでいた。

先に書いたようにポルトガルのファティマから来た少年少女の巡拝団の一行が内陣の柵内に案内されて、ミサの開始を待っていた。

内陣では僧侶が出てきて、祈りの言葉が朗々と唱えられる。

荘厳なミサのはじまりである。

式は進んで、巡拝の少年少女たちに「聖パン」が与えられる。

そして一般参拝者の中からも信徒たちが内陣に導かれ、同じく「聖パン」の授与を受けている。口を開いて、じかに舌の上に置いてもらう人、手に受けてから口に運ぶ人など、さまざまである。

私たちの同行者の中にもカトリック教徒の婦人が二人おられて内陣で祝福を受けておられた。

私が、ここで待ち構えているのは、振られる香炉「ボタフメイロ」Botafumeiroを見るためであった。

出来ればカメラに収めたいと思ったが、動きが速すぎて撮れなかった。

現地で買ってきた写真集の中に載る香炉の写真があった。煙も出ている写真である。

（追記）この記事をご覧になったbittercup氏からコメントがあって、すでにYouTube ♪ボタフメイロの動画♪ が出ているというので、さっそく見てみた。
→すごい迫力である。ぜひ皆さん、ご覧ください。

サンチァゴ観光客のことである。

彼らは私たちと同じように少し離れた駐車場から、ぞろぞろ歩いて道一杯になってやってくる。

私は敢えて「信徒」とは呼ばない。彼らがキリスト教徒ではあっても、われわれと同じような観光客のレベルだと思うからである。

日本人のわれわれが、仏教徒ではあるが、お寺にぞろぞろ団体で押し寄せるのと大差ないと思うからである。

この日がファティマの日であるためかどうか知らないが、この人出は大変なものであった。

「帆立貝」のリュックの巡礼者
先にも巡礼者が着ける「帆立貝」のことについて書いたが、サンティアゴの門前の路地で見かけた「遍路」たちの後姿である。白人の初老の夫婦のようであった。

ようやく念願の聖地に到達できて、ほっと肩の荷を下ろしたところだろうか。

労わり合うように寄り添って歩く仲むつまじい姿に接して、私の胸中に亡妻を思い出して、去来するものがあった。

一番はじめにも書いたが、ここサンティアゴに来たいと思ったのは、昨今のことではない。

妻と一緒にイスラエルの「エルサレム」を訪問したのはミレニアムの年２０００年5月のことであった。亡妻も、このイスラエルの旅が一番印象に残っているようであった。されぱこそ、私の胸に迫ってくるものがあるのであった。

巡礼者や観光客の姿が絶えない、大聖堂前の「オブラドイロ広場」。

その北面を占めるのが、かつて無数の巡礼者に宿泊と食事を提供し、病気になった者の治療を行っていた旧王立救護院の壮大な建物である。

サンチァゴ・パラドール
コロンブスを新世界への旅に送り出したイザベル、フェルナンド両王の命により十六世紀はじめに完成したもので、とりわけ金銀細工のような緻密な装飾を見せるプラテレスコ様式の正面入口は見事である。
今ここは近代的設備とサービスを備えた国営ホテル「パラドール」に生まれ変わっている。

今日の昼食はここで摂ることになるが、今までの昼食とは一味違ったものになったかどうか。

Compostela——「星の野原」の意味について

このことについては、この紀行文の一番はじめの日の「サンティアゴ・デ・コンポステーラ——日本語に訳せば「星の野原の聖ヤコブ」——」に書いておいたが、田辺たちの翻訳した本『サンティヤゴ巡礼の世界』には、こう書かれている。

〈原初の伝説が伝えるコンポステーラは星の野原であり、それゆえ天上の性格を有した場所であると同時に、そこにやってくる巡礼者にとっては超越性の場所でもある。それは西欧の果てにある、ベツレヘムの星の記憶である。それはまた、compostum すなわち墓地と呼ばれていたが、そのことがコンポステーラの歴史的真実と復活の約束を示している。……フルカネッリは「あるものを受け取ったことを意味するラテン語のコンポス compos は、ステルラ stella すなわち星を所有している。」いくつかの伝説はまた、コンポス compos というラテン語を異なったふうに強調して、この語に「なにものかの主人である」という意味、すなわち力の源泉の意味を与えている。〉(訳書三六五ページ)

この文章を読むと、あらゆる説明は結局、生と死の神秘に、そして実存の能力と存在への勇気における人間の営みの神秘に収斂される、ことを実感するのである。

キリスト教世界三大聖地の固有の記号

三大聖地ということも同じ日の記事に書いたが、それについて少し説明したい。

西ヨーロッパのキリスト教の三大聖地にはそれぞれ固有の記号がある。

エルサレムの巡礼者にとっては棕櫚、「ローマ詣でをする人」にとっては交差した鍵、そしてサンティアゴ巡礼者にとっては少なくとも十二世紀からはホタテ貝であった。

これらの習慣の意味する象徴的性格は、棕櫚は凱旋を、貝殻は善行を表す。なぜか。ホタテ貝殻は、その形によって、善行の道具である人間の手を想起させるからだ、と書かれている。

しかし、近代に入ってからは、どこの巡礼者にも、コンポステーラの印（ホタテ貝）がつけられるようになる。

北フランスのモン・サン・ミッシェルでも、巡礼はホタテ貝をつける。

聖ロックのような「バチカン」派の高位聖職者の上着にもホタテ貝がついているのが見られる。

こういう「符号化」を見ると、サンティアゴ巡礼が近代西欧の精神世界に深くかかわっていることが理解できるだろう。

この本を読むと、ホタテ貝についても墓の発掘による考古学的発見のことなども書かれているが詳細は省略する。関心のある方は、本書を参照されたい。

一路、ポルトへ

これでサンティアゴでの見学は終わり、あとは一路、国境を越えて、今夜宿泊のポルトガルの「ポルト」まで走ることになる。

地図を見ると、サンティアゴ・デ・コンポステーラの街はイベリア半島の西北端というところであり、ポルトガル国境まで、つい目の前という感じがするが、結構な道のりがあり、海岸線（大西洋）に出ると、入り江が入り組んだリアス式海岸で、それらを迂回するように道路が走っていて時間がかかる。

国境のところにトゥイTuiという町があり、そこに流れる川の真ん中が国境であった。

右手はすぐに海岸、左手には山が迫るが高さはいずれも一千メートル台の山脈である。

海が見えたり、見えなかったりして海岸線を一路、約三〇〇〜四〇〇㎞走ったろうか、夕闇の迫る中、ポルトの街に着く。

ポルトは狭い坂の街。トラムが縦横に走っている。バスはホテルを探して、迷って、今夜宿泊のBatalha広場に面したホテルQuality Innに入る。

この旅の後半はポルトガルを経てスペインに戻り、アルハンブラやアラゴンを経て、最終地のバルセロナへと辿るのだが、省略する。

関心のある方は私のブログの紀行文「サンティアゴ巡礼紀行」をお読み頂きたい。

順　礼

木村草弥

——PILGRIM　TEMPUS　VERNUM——

春くれば辿り来し道　順礼の朝《あした》の色に明けてゆく道

銀色の柳の角芽さしぐみて語りはじむる順礼の道程

順礼は心がすべて　歩きつつ自が何者か見出さむため

目を閉ぢて耳を傾け感じ取る生きてゐることに理由は要らぬ

丈高き草むらの道　その愛がまことのものと順礼は知る

わが巡りに降るに任せて降る雨よそのまま過《よぎ》るに任せゐる雨

雨のなき一日《ひとひ》を恋ふる心根に春は音なく来る気配する

日と月と星と大地と火と水と時だけが知る「道」はいづこへ

サンチアゴ・デ・コンポステーラ春ゆゑに風の真なかに大地は美《は》しく

北、南、東に西に順礼が帰りゆく道　交はる道と道

（後注）この作品は第五歌集『昭和』（角川書店）に載せたものである。

普通には「巡礼」の文字を使うが、亡妻の鎮魂の意味を込めた私の詩歌では、「順礼」を使って区別を明確にした。私の拘りの意図を察してもらいたい。

著者略歴

木《き》村《むら》草《くさ》弥《や》（本名・重夫）

1930年2月7日京都府生まれ。

Wikipedia—木村草弥

著書

歌集『茶の四季』角川書店 1995/07/25 初版 1995/08/25 2刷

『嘉木』角川書店 1999/05/31 刊

『樹々の記憶』短歌新聞社 1999/07/18 刊

『嬬恋』角川書店 2003/07/31 刊

『昭和』角川書店 2012/04/01 刊

『無冠の馬』KADOKAWA 2015/04/25 刊

『信天翁』澪標　2020/03/01刊

詩集『免疫系』角川書店 2008/10/25 刊

『愛の寓意』角川書店 2010/11/30 刊

『修学院幻視』澪標　2018/11/15 刊

『修学院夜話』澪標　2020/11/01 刊

エッセイ集『四季の〈うた〉草弥のブログ抄』澪標　2020/12/01 刊

『四季の〈うた〉草弥のブログ抄《続》』澪標　2021/05/25 刊

私家版（いずれも紀行歌文集）

『青衣のアフェア』

『シュベイクの奇行』

『南船北馬』

E-mail＝sohya@grape.plala.or.jp

http://poetsohya.web.fc2.com/

http://poetsohya.blog81.fc2.com/

http://facebook.com/sohya38

現住所　〒610-0116　京都府城陽市奈島十六７

四季の〈うた〉——草弥のブログ抄《三》

二〇二一年七月七日発行

著　者　木村草弥

発行者　松村信人

発行所　澪　標《みおつくし》

大阪市中央区内平野町二‐三‐十一‐二〇二

TEL　〇六‐六九四四‐〇八六九

FAX　〇六‐六九四四‐〇六〇〇

振替　〇〇九七〇‐三‐七二五〇六

印刷製本　亜細亜印刷株式会社